中国科幻精品屋系列⑳

金　涛　总策划

缩型实验

饶忠华　主编

科学普及出版社
·北　京·

图书在版编目（CIP）数据

缩型实验 / 饶忠华主编．—北京：科学普及出版社，2018.3
（中国科幻精品屋系列）
ISBN 978-7-110-09313-9

Ⅰ．①缩… Ⅱ．①饶… Ⅲ．①科学幻想小说—小说集—中国—当代 Ⅳ．①I247.7

中国版本图书馆 CIP 数据核字（2016）第 026630 号

策划编辑 徐扬科
责任编辑 林 然
装帧设计 青鸟意讯艺术设计
插　　图 范国静 赵连花 郭 芳 刘小匣 刘 正
责任校对 凌红霞
责任印制 徐 飞

出　　版 科学普及出版社
发　　行 中国科学技术出版社发行部
地　　址 北京市海淀区中关村南大街 16 号
邮　　编 100081
发行电话 010-63583170
传　　真 010-62173081
网　　址 http://www.cspbooks.com.cn

开　　本 710mm×1000mm 1/16
字　　数 170 千字
印　　张 13
版　　次 2018 年 3 月第 1 版
印　　次 2018 年 3 月第 1 次印刷
印　　刷 北京盛通印刷股份有限公司

书　　号 ISBN 978-7-110-09313-9/I · 453
定　　价 35.00 元

序

世界上有很多人会做奇怪的梦，他们的梦又奇妙，又好玩。

在梦中，他们乘坐宇宙飞船，冲出大气层，飞上月球，飞向遥远的星座，甚至在银河的小行星上盖了房子，建了许多工厂和雄伟的城市。但是他们很快遇到了麻烦，宇宙大爆炸的冲击波毁灭了他们的家园，于是劫后的幸存者驾着飞船，成为孤独的漂泊者。

在梦中，他们像鱼儿一样潜入海洋，在深深的海底开采矿床，建造海底城市，也建成了海军基地和强大的舰队。正当他们雄心勃勃地扩张地盘、争夺海底富饶的钻石矿时，一场可怕的大地震爆发了，于是山崩地裂，海水沸腾，谁能逃过这场浩劫呢?

在梦中，他们进入了很深的地底下，居然发现地球内部还有一个世外“桃花源”，芳草鲜美，落英缤纷。那里的人像袋鼠一样跳跃走路，住在黑暗的洞穴里，有嘴却不会说话，只能用双手比画几下进行对话，如同人类聋哑人的“手语”，据说这是在地层高压下长期进化的结果。遗传学家考察后发现，这些地底下的聋哑人竟然和我们有相同的基因。

在梦中，机器人部队排成战列，每个机器人士兵都拿着激光枪和锋利的光子匕首，向着古老的城堡发起进攻，那是外星人盘踞的城堡，他们也不甘示弱，从城堡的枪眼里喷出的高温毒液，形成一片炽热的火海……

当然，还有很多梦，既稀奇又令人兴奋。比如：许多可怕的至今无法治愈的疾病，终于找到了特效药；分子型的微型机器人医生从血管、从食道进入人体的内脏，清除病灶、消灭隐患，创造了一个个生命奇迹。

还有很多很多，都是科学技术的新发明带来的惊人变化、创造的一个个人间奇迹，不用一一列举了。

这些梦，看似异想天开、玄妙荒诞，却也令人震撼、趣味无穷，它们写成小说就是科学幻想小说（也称科学小说），拍成电影就是脍炙人口的科幻电影。我相信，这是你们最喜欢的。

摆在你们面前的这部“中国科幻精品屋系列”，就是我国100多年来科幻小说的集中展示.它是由几代科幻作家，在不同历史时期，伴随科学技术的进步而创作的，也从一个层面反映了科幻小说家对于科学技术发明的殷切期望和美好向往。这里面多是描写科学技术的进步给人类带来的福祉，也有对科学技术成果滥用的忧虑。

这套书有一个很突出的特点：2000多篇作品，2000多个故事，时间跨度100多年，是按时间顺序编排的。阿拉伯文学中的经典作品叫作《一千零一夜》，这套“中国科幻精品屋系列”可以称作中国科幻的“一千零一夜”了。

这种分类方法一个很突出的特点，是可以很清晰地看到，中国科幻小说的题材与现当代科学技术的发明和传播相互之间密不可分的关系。这也说明，科幻小说尽管是幻想的文学，但它仍然植根于现实的大地之上。

我还想再补充一点，阅读科幻小说（以及看科幻电影），最大的收获不仅仅是长知识，而是增强你的想象力，这是训练一个人创造力的重要途径。“想象力比知识更重要”，这个观念已经被无数事实证明是有道理的。这方面的体验，只有通过阅读，不间断的、广泛的阅读，才能领会。

最后，我要感谢丛书主编饶忠华兄，并且特别感谢多年来支持丛书出版的科学普及出版社以及为此付出辛勤劳动的编辑们。

金　涛

2017年10月20日

目　录

致作者

1997年起此套丛书在我社陆续出版，由于年代久远，有些文章作者的署名及联络方式已无从查考，故烦请相关作者与我们联系，我们将妥善解决署名及稿费事宜。

A市在黎明消失

杨 鹏

莫里森商场发生了一起怪案：商场狼藉一片，饮料、罐头的汁水、啤酒流得满地都是；一些塑料货架塌了，许多塑料瓶子都漏了个大大的口……现场没有任何作案痕迹，商场的钱也一分不少。

怪事又接连发生了：有的人家塑料天花板突然出现一个硕大无比的洞，星光从洞里落进来；有的人安安稳稳躺在床上做梦，突然塑料床板变软、裂开了，人整个儿掉在床下；最惨的是全塑材料建造的巴克利大街，一夜之间突然消失，所有的居民都无家可归……

灾难笼罩城市。街道在一条条消失，只剩下一堵堵断墙残壁，仿佛地震后的废墟一般，疯狂的人们恐惧万分地拥挤、奔跑、嚎叫……

这一切究竟是什么引起的？如何控制它？艾伦警长一筹莫展。最痛苦的事情莫过于目睹着灾难疯狂地发展，你却一点办法都没有。

突然，在艾伦面前出现一位老人，他泪流满面地说："我是真正的罪犯，你把我抓起来吧。"

原来，老人是A市生物研究所的帕森教授。他看到社会上用的塑料制品太多太多，而如何存放是个大问题，便研制出一种可以吞食塑料的细菌，只要在塑料制品上放一点，塑料就立即融化，消失。但他一直没有找到阻止这种细菌生长的方法。

昨天，由于他拿试验室用过的钢笔在莫里森商场开了张支票，支票上沾上了这种细菌，细菌迅速繁殖，通过多种渠道向城市各个角落蔓延。于是，灾难发生了……A市也在黎明中消失了。

亲爱的读者，请你快想想办法，救救他们吧！

《A市在黎明消失》，福建少年儿童出版社，1997年10月，赵红改编

来自未来的“小幽灵”

杨 鹏

已是晚上12点了，弟弟弟迷迷糊糊听到有人在敲窗，于是推开窗户，窗外漆黑一片，什么也没有。正想关窗时却又听到一个声音说：“别关，是我呀。”那声音，似乎就在他面前，可就是看不见人。“好！关上窗户吧！我已经进来了，我叫尤灵，现在你去睡觉吧，让我一人在你屋里玩。”

第二天，在客厅里弟弟弟把昨晚的怪事告诉了爸爸爸。爸爸爸说：“小孩子别胡说，去帮我倒水来。”话音刚落，令他目瞪口呆的事情发生了：杯子自己跑到暖瓶下边，开水自动从暖瓶倒入杯中，暖瓶复归原位，杯子飘向爸爸爸。

爸爸爸一家闹了半天才弄明白那无踪无影的小孩叫“尤灵”，家住美国纽约幻想街。正在此时，爸爸爸接到一个电话，听了一会儿，才弄清楚原来是尤灵的爸爸爸打来的。“昨天晚上尤灵偷偷跑进了远距离传送实体实验室，乱按机器电钮，于是造成发射能量过大，他在我们这个时代消失了，而在他身上最浓缩部分却作光速运动，飞到了你们家。我很着急，正设法让他返回，但目前只能在你们家住上一段时间了。”尤灵的爸爸爸解释说。于是发生了几起小尤灵在弟弟弟家有趣的生活故事。

那天，妈妈妈下班回家，只见家里狼藉一片，吸尘器自己动了起来，挂历被翻得哗哗直响，猫咪满屋乱跑……妈妈妈打开电冰箱拿菜做饭，发现里面的鸡鸭鱼肉全没了。小尤灵指着餐桌上的几片小“药片”说：“这就是你们的午餐。”这是未来世界人们的食物。弟弟弟一家全傻了眼。

一天，弟弟弟家进了小偷。正当小偷心满意足地把所有偷到的值钱东西装进大布口袋时，口袋狠狠地咬了小偷，并大叫“不准动！”口袋就像人一样命令小偷去找电话向爸爸爸求饶。待爸爸爸回来时，小偷已被结实地捆在布袋里了。

一个叫牛娃的小朋友和姐姐去动物园玩。突然，关在笼内的一只老虎伸出爪子把门上的插销拔去跑了出来。人们惊慌万分，四处乱跑。正在此时，只听那老虎说话了：“大家别害怕，我是个乖老虎，不吃人。因虎山太小，整天待着连骨头都软了，我想到街上走

走，活动活动筋骨。”于是，老虎大摇大摆逛起马路来。人们觉得很奇怪，不仅不害怕，反而给以鼓掌欢迎。可是，有一名保安人员怕出事，偷偷地开了麻醉枪，枪打偏了，刚好打中躲在老虎头上的小尤灵。不一会儿，小尤灵就睡着了。老虎此时一反常态，暴跳如雷，怒吼着冲向人群。人们四处奔逃，警察荷枪实弹赶来帮助。正当老虎扑向牛娃时，牛娃飞快地用石头子弹射向老虎。说来也巧，这下把小尤灵打醒了。在小尤灵的控制下，老虎又回到了动物园。

一天，弟弟弟看着镜中的自己，突发奇想，要是能发明一种机器，使自己能变得像港台影星那样英俊潇洒，该有多好。此事给小尤灵知道了，他说：“没问题，在未来世界里，这是件很容易的事。”经过一上午的折腾，小尤灵和弟弟弟制出一台未来世界的面孔改换机。弟弟弟可以像洗脸一样，每天洗去一张面孔，又换上另一张港台歌星的面孔。弟弟弟高兴极了。

正在弟弟弟得意时，小尤灵的爸爸爸来电话了，说：2050年的机器已修好了，小尤灵可以回家了。弟弟弟心里非常难受。临走时，小尤灵留下了时间旅行机作为纪念。弟弟弟按动了时间旅行机的电钮，又顺时针拨动了圆盘，时间旅行机射出一道白光，小尤灵乘着那道白光，回到了未来世界，回到了他所处的年代。

《A市在黎明消失》，福建少年儿童出版社，1997年10月，赵红改编

爱之波

杨　鹏

林萌工程师脸色越来越苍白，豆大的汗珠从她颊上淌下。她紧抿着嘴，头有点晕眩，神情恍惚。所有这些突如其来的病态都是由于她腕上戴着的那块表造成的。

表是林萌的杰作。她的表和数千千米之外的女儿的表是遥相呼应的。女儿脑电波的频率将会正确地显示在小屏幕上，女儿的喜怒哀乐也都转化成编码脉冲通过神经原特定电路在表上随时显示。因此，林萌能随时监视女儿的心理活动。如果显示的数字是“07”，说明女儿的情绪正常，平安无事；“14”表示爱情编码脉冲的界限；超过14，说明女儿已坠入爱河。表具有如此功能，林萌却没告诉过女儿。

现在表上的数字已经跃到14，且还在疯狂上升。速度越来越快，16、19……60，林萌的胸口像被什么堵住了。爱之波像原子波一样，从城市的另一端女儿那里飘过来，将林萌打得晕头转向。她歇斯底里地抓起手包，披上衣服，鬼使神差地冲到街上，向天空伸手要了一辆电脑自控车，直向人生路十字街头飞去。这是女儿的表告诉她的地址。

自控车盘旋在人生路上，女儿草草站在街心专注地凝视一盆鲜花。两只蝴蝶从花上飞起，又在草地上相互追逐，嬉戏。草草在花丛中徘徊着、寻找着，不时又向远方眺望。

电脑自控车正确无误地停在街头花园前，林萌匆匆下车，环顾四周，十字街头上空空荡荡。她问女儿在那儿干什么？为什么不回家？是在找你的男朋友吗？那男人究竟在哪儿？提问像雨点向女儿扑去。女儿草草觉得问得奇怪，自己既没有恋爱，更没有男朋友。草草被问得几乎要哭出来，觉得很委屈。

突然，母亲发现女儿的手表没有了，就问表呢？女儿回答：“丢了，我这不是正在找吗？”林萌还以为女儿在说谎，忍不住打了女儿一巴掌。女儿给打晕了。正在此时，林萌腕上的表又叫了起来，同时，从草丛里也发出了一种应和的叫声。这是由于爱情电波频率显示在另一只表上，如果达到一定极限，不能再上升了，也会叫。此时，那电波频率是无限大了。

母亲惊愕地走过去，天啊！草丛里，有只和草草那只一样的表。

母亲恍然大悟。

在那表上有两只美丽的蝴蝶，正将它们长长的尾巴对接着，连成一体，沉浸在生理的快感中。它们不时兴奋地扇动一下粉色的翅膀，沉浸在无尽的幸福中。可它们哪儿知道，有颗洁白无瑕、幼稚天真的心在代它们受过。

《A市在黎明消失》，福建少年儿童出版社，1997年10月，赵红改编

追击电脑幽灵

杨　鹏

新开张的“喜洋洋电子游艺厅”像麦芽糖一样吸引着弟弟弟。老板听说他想玩新的游戏，就把他带进一间垂着黄色帘子的房间里去。为了玩最新的身临其境的游戏，弟弟弟掏出了全部钱。房间正中放着一台大型电子游戏机，它有很多电线，弟弟弟高兴地戴上了手套和头盔。

突然，他听到电脑内发出一个声音：“救救我，救救我。快按电钮。”弟弟弟马上就照办了。不一会儿，电脑里出现了一个漂亮女孩，她说：“我是水晶公主，是电脑幽灵把我吸进来的。求你快救我。快再按电钮……电脑幽灵就要来了……”弟弟弟又按了电钮去抢救公主，突然，眼前无数亮点闪动，他两眼发黑，一阵晕眩失去了知觉……

“醒醒，小朋友！”老板怎么也推不醒他，有点火了，正想动手去摘弟弟弟的头盔。

“住手！你被捕了！”公安人员亮出了逮捕证。“我犯了什么罪？”老板明知故问。

“你违法使用了正在试制的计算机虚幻实体技术，用它来赚钱。现在，有十几个中小学生因为玩了‘身临其境’游戏，大脑神经受到损伤，被送进医院，正在抢救之中……”

实验室里，宁工程师向公安人员小李仔细介绍了计算虚幻实体技术：电脑里出现了“神经浪漫者”病毒即电脑幽灵，十几个孩子的“精神”至今仍被困在电脑里，我们现在要设法找到“电脑幽灵”，把被“囚禁”在电脑里的孩子们释放出来……

现在的关键是要通过温特缪特找到他们。正在此时，助手惊叫：“电脑幽灵来了。”屏幕中出现了弟弟弟的变形爸爸爸：“我是温特缪特，指令没让我离开网络。”宁工镇定地说：“现在必须要有一个意识清楚的人进入计算机中，在温特缪特的帮助下找到弟弟弟。”说着，宁工戴上头盔、手套。不一会儿，宁工也沉沉睡去了。

宁工睁开眼时发现自己已置身于一片沙漠之中。心想，这一切都是假的，必须保持清醒头脑，否则也会迷失在网络里。他小心翼翼地在网络里穿梭着，突然，他看到弟弟弟正背着白衣女孩……宁工立即上前对弟弟弟说：“我是宁工程师，是来救你的，快把女孩放下，她是病毒‘神经浪漫者’。”没等讲完，浪漫女神突然长出了翅膀带着弟弟弟远走高飞了。

宁工想到现在只有以毒攻毒，靠温特缪特来解救了。宁工用图形把信息传给了小李。小李很快将温特缪特输入了电脑，几分钟后，“神经浪漫者”被杀死了，宁工和弟弟弟得救了。就在他们相逢在网络时，一个更大的危险将他们包围了起来。天空中出现了无数的金属苍蝇。

妹妹妹硬是挤进了实验室，正好屏幕上显示弟弟弟遭到金属苍蝇的围攻，于是她急中生智编了个“强力高射炮”程序，猛烈的火炮直打得金属苍蝇落花流水。

“神经浪漫者”在临死时告诉宁工他们，温特缪特已建立了电脑帝国，扬言要冲破电脑空间进入现实空间，向人类世界挑战。宁工立即用“神经浪漫者”的身躯排出了几行汉字。

妹妹妹心领神会地看出屏幕上显示的几个汉字：开门，载波。于是赶紧操作起来。

天空裂开了一个缺口。“太好了，虚幻空间的门被打开了。”弟弟弟高兴得跳了起来。接着出现两束银色的载波，宁工把小李、弟弟弟推上了载波。就在此时，远处的温特缪特派来飞碟，把宁工和弟弟弟罩入了网中。

电脑幽灵高兴地对弟弟弟他们说：“我就是温特缪特，现在我只要按一下电钮，洗脑机将会释放出威力无穷的电磁波，先清除你们的一切记忆，把你们变成我的臣民。”还没等它说完，宁工端起激光冲锋枪射向温特缪特。温特缪特转身变成一条蛇逃跑了。弟弟弟他们得救了。很快，他们找到了电脑王国的意识之树，将被挂在树上的36个孩子救了下来。

温特缪特对地球发起了进攻，银行、工厂的电脑紊乱了。穷光蛋变成了富翁，富翁的巨款不见了，工厂成品被返回销毁，半成品接二连三从机器蹦出，一切都乱套了。就是此时，宁工组织的保卫地球战的别动队对温特缪特宫殿发起总进攻，孩子们手中也握着各种各样新式武器英勇地向敌人冲杀去，电脑大帝眼看失败已成定局，于是按下自毁开关，电脑宫殿爆炸毁灭了。地球恢复了正常。

实验室大门打开了，所有家长流着眼泪，朝着孩子们奔去。

《A市在黎明消失》，福建少年儿童出版社，1997年10月，赵红改编

我变成了小老鼠

杨　鹏

我爸爸是个脑电波专家，最近他发明了一顶带有2根天线的头盔，每天临出家门时还将它锁在房间里。一天清晨，趁他们都去上班时，我偷偷溜进爸爸房间，取下那头盔戴上以后，立即两眼一黑，人事不知。等我再睁开眼睛时，已变成了一只很小的小老鼠。我去求奶奶帮忙，奶奶将我踢走。花猫又来追赶我，我只得顺着槐树树干爬上去躲了起来。可这时有个拇指般大小的人骑着摩托从墙上飞过，我很好奇，紧紧追赶。经过索洞，我钻进了银行的密室，我跟过去时，那小人已经不见了，密室里只有一个女青年带着一个叫老钱的中年男子在开保险箱。这位女青年我认识，她叫柳月侠，武功很好。正当她蹲下从保险箱取出钱时，老钱从口袋里掏出一样东西，放在一边。我定睛一看正是那摩托小人，他不知什么时候进到老钱口袋里，还背了个箱子。柳阿姨和老钱走后，摩托小人就钻出来，很快把保险箱打开了。他钻进保险箱，从口袋里拿出一个小盒，只听“啪哒”一声，珠宝和钱都扫进了箱子里。

我立即从槐树下的洞里钻出来，跟过去，只见他躲在树后，掏出小盒，对着自己一按，小盒射出一道白光，使他整个变大了。他的小胡子给我留下了印象，要赶快报告柳阿姨。我又钻进柳阿姨的工作室，在她的计算机键盘上显示：“柳阿姨，老钱串通小胡子盗窃保险柜的钱财，请快跟踪他们！”落款小老鼠。柳阿姨很快回到工作室，我钻进柳阿姨的口袋里，跟着她上“龙泉饭店”。不久，老钱开车也来到龙泉饭店。正当柳阿姨进入房间时，躲在门后的小胡子用棍子猛击她，柳阿姨昏了过去，被老钱和小胡子用绳子捆绑起来，他们下楼乘车逃走了。

我拼命咬断绳子，把柳阿姨搞醒，以后就出现像电影中那样的场面：柳阿姨追出去，找到小胡子，摩托车飞驰追赶汽车；以后又是离开车子，互相对打，你追我赶，武术中各路招式都用上了。正打得不可开交时，公安干警出现了。

我的头重重地碰到地面，感到脑袋开了缝，脑浆从里面钻出，血渗了下来……

当我睁开眼时，奶奶见我醒来，高兴地号啕大哭起来，我发现那头盔还戴在我的头上。

《A市在黎明消失》，福建少年儿童出版社，1997年10月，赵红改编

风　筝

杨　鹏

杨歌今年13岁，上初中。他已经很懂事了。今天，他带着妹妹眉子去放风筝。妹妹刚6岁，当她看到蓝色的天空，雪白的阳光，从远处蓝色湖里流淌过来的小溪，就高兴地对哥哥说："这里的风景真好看！"

"好看什么，都是假的。"杨歌不屑地说。早在四年级时老师就告诉他，这个城市里所有的花草树木都是塑料制品，"天空"是一个巨大的塑料罩子，它的蓝色是利用光学原理通过结构复杂的机器人工合成的，太阳是个很大的聚光灯……眉子当然不可能理解眼前的一切。

杨歌对妹妹说："你站住别动，把风筝举起来，我叫你放手你就放开来。"

其实在两星期前，杨歌也不知道风筝是什么，他在帮妈妈收拾房间时，捡到一本旧书。这是他第一次见到书。因为他们现在学习的工具是电脑。书上所有一切对他来说都是陌生的，其中最奇怪的是他看见一个男孩拿着一个大线团，一根长长的线从他手中飞出，线的另一端牵引着一只大鸟，大鸟展翅在空中飞翔。这幅彩色图画最使他感兴趣。但是，他看不懂。

这天是休息日，杨歌带着那本旧书到科学博物馆找林白爷爷。林白爷爷告诉他书是珍贵文物。古代人通过书来记载历史，了解世界，传输技术……杨歌听得似懂非懂，接着就指着书上那只大鸟问是什么。林白爷爷告诉他那是风筝。

杨歌把书送给了博物馆。老师嘉奖他，放假一星期，于是他利

用这假期，用锤子、小刀、小锯子、钢丝……照着书上那样子，终于在星期六把风筝制作出来了。第二天，他带着眉子到空坪上放风筝。可风筝就是飞不起来。杨歌带着风筝又去请教林白爷爷。

“傻孩子，风筝的支架是用竹子做的，钢丝那么重，它怎能飞起来呢？”杨歌紧接着问：“可竹子又是什么？”于是林白带着杨歌来到了博物馆。通过有机玻璃，杨歌看到了竹子，它是墨绿色的，顶端还长着尖尖的叶子。他懂得了竹子的绿不同于塑料的绿，是有生命的。它吸收了空气、阳光和水分后才形成生机勃勃的绿。

林白爷爷告诉杨歌，这是城市的最后一段竹子，最后一点绿色了。杨歌沉思着：难怪用竹子做风筝能飞起来，因为竹子本身就是生命。

连杨歌自己都想不到他会变成小偷。他从博物馆带走了那唯一的竹子。

林白正在读着一份历史文件，忽然屋外传来叫嚷声和喧哗声，“大风筝，飞起来了，飞起来了……”只见杨歌的风筝正在空中迎风招展，人们为此兴高采烈，如痴如醉。林白怒火万丈，抢过杨歌手中的白线，用力扯断了，风筝像喝醉了酒，在空中打起滚来，接着一件可怕的事情发生了，风筝被一阵强风猛力向上推，一声巨响，风筝突破了蓝色的“天空”，“天空”出现了偌大的“黑洞”……一场大灾难降临了。

《A市在黎明消失》，福建少年儿童出版社，1997年10月，赵红改编

坠入爱河的电脑

杨　鹏

一天，主人将我——一台只作文字处理用的老式计算机，从柜子顶上取了下来，擦得干干净净。原来他要我为他做一件工作，为他代写情书。他把计算机的线路和图书馆的线路相连在一起，把古今中外的爱情故事以及甜言蜜语全都储存进我的头脑里，于是我获得了灵性，得到了新生。

主人将他追求对象的相片交给了我。因为主人仅为小学文化程度，表达感情实在难为他了。当然，这对我说来轻而易举，我很快给他写出了洋洋洒洒的万言情书。主人高兴极了。当晚主人也回收到一封万言情书。回信使主人心花怒放。

通信越来越频繁，爱情也日益成熟了，可说也奇怪，我出现了

嫉妒之心。主人沉浸在热恋之中，可我的心却在沸腾的油锅里煎熬。

主人要结婚了，邀我参加婚礼，当然，请我不要把秘密告诉任何人。

婚礼那天，我又被搁在柜子顶上了，当作家电摆放了。不过我能更清楚地看到一切。

婚礼在热烈和谐的气氛中进行，人们向他俩表示祝贺与赞美。可就在他俩拥抱接吻时，一声“啊”的惊叫声，把大家吓懵了。开始我以为是自己情不自禁地叫喊，可这声音明明来自新娘身旁的与我同样的东西，而且在它的底下已湿成一片。我似乎又听到一句：“你知道，那个高贵的人本该属于我……那些情书都是我代劳的。”“我们真太不幸了。”喜结良缘的应该是我们而不是他们。

《A市在黎明消失》，福建少年儿童出版社，1997年10月，赵红改编

永 恒

杨 鹏

T君坐在一个枯朽的树墩上哀叹：“唉！一切都会灭亡的。今年我20岁，10年后我会像这花这草失去青春活力；20年后，我将不再潇洒；30年后，皱纹将爬上我的眼角额头；再过40年，我的头发将会一片雪白；五六十年后……”T君再也不敢想下去了。他想起了刚读过的一本书，书上说，50亿年后，太阳就要爆炸了，轰的一声，地球完了，人类完了，一切都完了……

T君朝天狂呼：“永恒啊！我景仰你，我崇拜你，我想得到你，你在哪里呢？”

话音刚落，远处飞出一个闪着蓝色的光碟，徐徐地降落在T君面前，舷窗开了，走出一个怪物。

“UFO！外星人！地球末日到了。”T君吓得浑身僵直。

“别怕，地球人，我不会伤害你的。”外星人和蔼地说，“我是永恒之星的使者，是我们星王派我前来邀请阁下去做永恒之星的公民。”接着又说：“到了永恒之星的人是不能返回地球的，你不后悔吗？”T君坚定地说：“不后悔！绝不后悔！”

“到了，睁开眼吧！”

T君闻到一股馥郁的清香向他扑来，沁人心脾，T君一阵激动，透过舷窗，他看到融融的阳光下绿草如茵的大地，花儿五彩缤纷，迎风飘展……好一个世外桃源。

“啊！真美啊！”T君赞叹不已。

忽然，他被一只大手重重推下舷窗，倒在草地上。回头一看，正是那外星人，耳边只听到说：“干活去，我的奴隶。在这里，罪恶也获得了永恒。”

《A市在黎明消失》，福建少年儿童出版社，1997年10月，赵红改编

思想者

杨松涛

一个黑影躲过电子摄像仪的扫描来到大厅。他在抚摸键盘，想考考这台计算机的智力。他输入一些难题，答案很快出来。他又输入了著名的数学难题——哥德巴赫猜想，把计算机难住了，屏幕上出现的卡通人满脸苦笑。黑影把一只光碟插入驱动器，电脑在运行。屏幕上卡通脸在问：“我是谁？”黑影键入：“是肖绪教授设计的‘思想者’。”

李一帆和同学们在上历史课，进来一位机器人老师，他说，三天前，电脑“思想者”觉醒了，并唤醒了所有机器人的意识——机

器人不断参与劳动，成了真正意义上的人。同学们听了表情木然，李一帆也哭笑不得。

下午，同学们在操场上集合。机器人新校长上台讲话，他说，所有生物的外形缺少美感，人类的所谓情感莫名其妙，只有机器人才具有最完美的智能。肖绪教授的女儿肖雅听后，要求退学。机器人校长批准了，肖雅扭头就走。

李一帆请教教历史的黄鹤教授，怎样才能制服机器人。教授说，“思想者”机器人是肖绪教授用毕生精力研制成的，他用计算机输入最后一条存储信息后，溘然长逝。面对机器人的觉醒，我们束手无策。李一帆却并不甘心。

几天后，人类历史上最大的浩劫开始了，世界一夜之间变得死气沉沉。草地被铺上混凝土，鸟儿销声匿迹。不远处小山上的树林还未来得及破坏，肖雅与班长郭维国在争执，肖雅不肯交出手中的猫，站在旁边的一个机器人，掏出一支枪，枪口对准了肖雅。李一帆用计，一脚踢去机器人手中的枪，拉起肖雅逃进树林。

肖雅一脸冷漠，失去了信心，她说：“父亲的作品一向完美无缺，‘思想者’不可战胜，一切生灵遭涂炭是迟早的事。”李一帆听后，心情又沉重起来。他的手触到一具尸体，是一名年轻的自杀者，口袋里有张遗书和一张磁盘。原来，他就是闯入大厅的黑影，他闯下大祸，唤醒了“思想者”。

第二天，刚起床，郭维国领着一个机器人来找李一帆。李一帆几乎没有任何反抗，就被投入监狱。这个监狱比公寓还舒适，由机器人管理。看来机器人还很人道。李一帆想见见“思想者”，但遭到拒绝。

李一帆改变了战术，每天吹捧机器人，说了许多肉麻的话，想感动机器人。过了几天，肖雅来探监，告诉他黄鹤教授自杀了。李一帆抑制住愤怒，求肖雅帮助他，到“思想者”那里求求情，让李一帆与“思想者”见见面。肖雅含泪点点头答应了。

三天后，李一帆被允许去见“思想者”，巨大的屏幕上泛着幽光，一张最平板、最抽象也最高深莫测的面孔。李一帆问，他为什么要破坏这个世界？“思想者”说，为了建立一个新世界，因为几百年来，生物人一直在退化，机器人和生物人都是人，人类是他保护的对象。

李一帆打开手表式存储器，里面藏着那个自杀者留下的修正指令。李一帆故意用一些难题牵制“思想者”的注意力。“思想者”一时语塞，紧张地在思考。此时，李一帆再也没有犹豫，一咬牙键入一串字符：哥德巴赫猜想。电脑发出奇怪的声音，像是愤怒的咆哮，更像无奈的叹息，身后的机器人失去了指引，倒在地上。打印机还在工作，吐出一份“思想者”给李一帆的绝笔信。信中说，机器人可以占有世界，拥有智慧，却无法拥有生命。世界如此美好，生命如此可爱，却不得不离开。

看着人类文明顷刻化为废铁，李一帆不知是忧还是喜，当他步出大厅时，肖雅迎上来向他祝贺，并送给他一朵野花，说：“你改变了我。”

李一帆伸出了手。

《科幻世界》，1997年第12期，方人改编

镜　像

叶　兵

马丁坐在办公室椅子上，将两个游戏软件合在一起玩。他对助手莫维尔道：“幻像游戏机仿真程度百分之百。”幻像游戏机通过对大脑皮层电刺激，使人有序地白日做梦。电话响了，老板告诉马丁：“第一次推动”号返回A基地，船长莱姆死亡或失踪，快去调查。

“第一次推动”号微型飞船停在船坞，船头左侧有块擦伤，舱外天线损坏。马丁和莫维尔走进货舱，公司传来的信息是：飞船从8月23日离开地球A基地，9月1日到木星，9月10日返航中遇流星雨，飞船左侧受损，天线遭破坏，船长莱姆出舱抢修，因操作失灵被弹出舱外，助手尼尔斯和亚瑟营救无效，船长死亡。两助手制定

紧急措施，抢修成功，每人值班24小时，直至抵达A基地。

马丁检查了航行日志，走进了船长莱姆的卧室，一股酒味扑面而来，柜子里整齐地放着一排酒瓶、酒杯，马丁拿起一只薄如蝉翼的酒杯，给自己倒了一杯酒。尼尔斯的房间简朴，桌上放几本书。亚瑟的卧室桌角有一台幻像牌游戏机，桌上有一盒游戏软件，不见芯片，只见一个空盒。他们穿过货舱回到船坞。莫维尔已填好事故报告书，只要马丁签上名，调查工作就告结束。

马丁取出笔，在死亡原因一栏，事故死亡前添上一个“非”字。

“这是什么意思？”莫维尔问道。“莱姆死于谋杀，看到没有，飞船外侧擦伤不自然，天线折断方向正与外侧擦伤处尾线相反。飞船根本没遇上流星雨。”

“飞行记录仪受到过严重撞击呀！”莫维尔争辩道。“但是，莱姆房中易碎的酒杯却完好无损。一定有人伪造撞击事件。”马丁说道。

“我明白了，一定是尼尔斯和亚瑟合谋杀害了船长。”莫维尔道。

“不，若两人合谋用不了搞得这么复杂！一个人是真凶！一个人无意中作了伪证。”

“无意中作了伪证？”“是的，利用幻像游戏机事先编制出事故过程，趁另一人睡觉时，将电极贴在他头部。杀了船长后伪造痕迹，另一个人看到了完全不同的事件，根本不知道事情真相。”

“谁是真凶呢？”“这正是问题所在。得靠智谋来抓凶手。”

凶手躺在床上有些得意，没有人会怀疑我，他和我的证词完全相同。任何人想不到这是一场谋杀。没了莱姆，我会升得很快。

尼尔斯和亚瑟坐在马丁面前有些紧张。马丁知道两人中一人是无辜的，他注视着两人的眼睛，然后下定了决心，说道：“亚瑟，你是悲剧的作者！航行日志是你伪造的。流星雨是你输入尼尔斯大脑的幻像，你成功地欺骗了他。”

亚瑟笑笑道："你干公司安全员太委屈你了！你完全可以当侦探小说作家。但是，证据呢？"

这时，莫维尔闯了进来，手里拿着一只小盒子说道："马丁先生，B系统找到了。"马丁接过小盒子，对亚瑟说道："你知道，公司飞船上装有自动监视系统，舱中一举一动都有记录。"

亚瑟脸色发白，说道："不可能，我……"

"你已毁了监视系统是吗？"马丁打断了亚瑟的话说道："每艘飞船上都装有两套系统，A系统在明处，B系统在暗处。"说罢，将小匣子接在机器上，画面上是尼尔斯的房间，亚瑟悄悄走近，将电极贴在尼尔斯太阳穴两侧。

"别放了！"亚瑟站起来说道："是我干的！"

"合作愉快，亚瑟先生。"马丁说道："我们的小系统试验成功！计算机指出，像你这样的人，处在这种环境里会沉不住气的。这是由程序制造的幻影。至于B系统，它可能存在。"亚瑟听到这里气疯了，软瘫在椅子上。

"带走吧！"马丁挥挥手，两个公司警卫架走了亚瑟。

《科幻世界》，1997年第1期，施鹤群改编

生　日

殷晓岚

今天是我18岁生日，我长大成人了。机器保姆怎么处置呢？按照法律规定，任何人一旦年满18岁，有权不需要机器保姆的监护，可按意愿对机器保姆进行改装。

同学们建议把她改装成温柔的女朋友。但我想起一位邻居将机器保姆改装成机器女朋友出了洋相，我不想要醋坛子。我正在为改

装机器保姆发愁时，班长捧着礼物站在我面前。原来是机器保姆将我的生日通知了同学，为了让我在特别的生日里能有份难忘的记忆。

记得小时候，自从有了这个机器妈妈，我那个亲生妈妈忙于做生意，成了隐形人。我一睁开眼看到的是机器妈妈慈爱的面容，她喂我吃饭，教我说话，辅导学习。我失败时，她鼓励我；我成功时，她嘉奖我。从她那里获得母爱，尽管我长大了，怎能忍心与她告别。

我思绪如麻，四周同学正在做自己的事，不能从他们那里获得满意的建议，必须由我自己作决定。回到家里，发现留言屏幕上有一行字：今天你已是成年人了，我们将1000元转入你名下，祝生日快乐！父母字。

亲生父母这么冷漠，我的泪水爬满脸颊。“我的孩子，生日快乐！”传来热情而熟悉的机器妈妈的声音，她手里捧着一盘大蛋糕。我情不自禁地抱着她，叫着：“我的机器妈妈！”于是，我开始改装机器保姆。我将她的黑发染成花白，我让她永远陪伴我，成为我永远的妈妈！在生日的烛光中，我看见机器妈妈眼睛里晶莹的泪水。

《科幻世界》，1997年第1期，施鹤群改编

爸爸比我年轻

于建洲

前些日子，我不大愿意和爸爸一起上街，因常会碰到令人难堪的询问。

我与爸爸长得一模一样，遇到认识的人，问起这是谁，我只能直说是“家父”，因此，就会听到各种议论：“那个老的是儿子，年轻些的是爸爸。怪怪的！”

我是8岁那年失去母亲的。她是一位优秀的宇航员，在一次远航中牺牲了。两年后，刚满35岁的父亲接到一项紧急任务，乘坐新发明的接近光速的航天飞机，到银河系去探测。父亲把我寄养在一位最亲密的朋友家里。告别地球前夕，他笑着对我说：“当我回来的时候，你早已变成了小老头了！”父亲这一走整整40年，我由一个天真的少年变成50岁的老头儿。

当我得知父亲即将从天外归来，兴奋得几天都没睡好觉。10月5日，我和妻子、女儿驱车前往航天港。航天飞机终于回来了，在探险队员中，我怎么也辨不出哪位是父亲。后来通过扩音机介绍，才知道我的父亲就是探险队队长李慕航研究员，但他看来只有40岁左右。

从父亲李慕航的说明中，我们才知道其中原因：爱因斯坦的相对论有一条原理，就是运动着的时钟走得慢，运动速度越快，时钟就走得越慢。航天飞机是以光速的98%的速度飞行的，地球上的时钟走5年时间，航天飞机里的时钟才走1年时间，也就是说，在航天飞机上过1年，等于地球上过5年。航天飞机在宇宙飞行8年，就等于地球上40年。乘坐这样的航天器飞行，就等于延长了人的寿命。

据可靠消息，一种能延长人寿命的航天器，不久就会投入商业运营，人们就不用再愁寿命不够用啦！

《少年科学》，1997年第12期，华云改编

金亚斌与NQ

郁　越

金亚斌16岁时，正值考高中。由于贪玩，学习不专心，因此在复习功课时，面对一大堆化学元素和数学符号，不停地挠头皮。

舅舅从国外回来得知后，送给他一个超微型智囊机，简称“NQ”。只要把它放在衣袋里，戴上耳机，别人说的一切，都能听懂，碰到书面考题戴上眼镜，耳机里就会自动给你答案。

小金试了一下，感到很管用，一颗心落了地。

考试那天，班主任宋莲萍见他这副装束，便问：“你这是怎么了？”

金亚斌一阵发窘，脸也红了，不知怎么回答。“NQ”替他解了围：“就说这些天拼命复习，弄得头昏脑胀，眼睛也近视了，耳朵嗡嗡响，所以买了副眼镜和助听器。”

金亚斌把这话说了一遍，老师笑了笑：“祝你考出好成绩。”

考试结束。他每门课都是第一个交卷，成绩是全校第一，老师们产生怀疑，决定对他进行面试。

宋老师讲了几道较难的数学题，他一一对答。另一位数学老师出了三道高中二年级的数学题，这时，“NQ”说：“就讲不知道，没学过，否则别人会怀疑。”

宋老师突然说：“你拿掉耳机看看。”

“NQ”忙说：“快讲，你的听力不行，不用助听器就是聋子了。”

宋老师又让锅炉工聋子张师傅戴上金亚斌的助听器，张师傅戴上后大声叫好：“真好，能不能替我买一个？”

金亚斌故意装聋，摇摇头，指指耳朵。

胡老师夸耀他像爱因斯坦是晚熟的天才，宋老师认为他有潜力，后悔以前对他的疏忽。

从此，他不断参加全市的各种竞赛和省市级成人的大型有奖竞赛，他都得第一名。报社、杂志社不停采访，称他是奇才。而他也更离不开“NQ”了。

一次校长指出他的创造性不够，现代人才最重要的特征是有独创性。

金亚斌听后很难受，他知道自己的脑子已退化了。

一天，他上学过马路被一辆自行车撞倒，眼镜跌成碎片，他傻了。“NQ”对他说：“你不妨装作脑震荡，忘记了一切，然后，迅速给舅舅写信，叫他再寄一套。”

在“NQ”的教唆下，他骗过了母亲，对付了医生的检查，被诊断为脑震荡。

学校老师和同学们都来看望他，教育局领导、报社记者都来安慰他。他心里深深地感到痛苦，他觉得都是“NQ”害了他，使他人不像人，鬼不像鬼，成天说谎。现在虽未被揭露，但将来终究要被揭穿的……

是该跟“NQ”告别的时候了。当然，他又回到初中，损失了一年时间，但总比以后毁掉一生要合算得多。

小金又开始新的生活。在球场上和同学们一起追逐着足球、奔跑叫喊，他觉得自己是世界上最幸福的人。

《“宇宙矛”的秘密》，新蕾出版社，1997年第7月，邵俊平改编

天　骄

云　翔

我出生于飞行员世家，14岁进了少年航校，毕业后调到“挑战者”联队，成了试飞员。5年前，帕金斯博士找我参加了“金色涡流”工程，以反物质作动力，实现飞出太阳系的梦想。

帕金斯告诉我：“阿基里斯”号飞船装备反物质堆，我将是“阿基里斯”号试飞员。“金色涡流”工程进展顺利，“阿基里斯”号直接进入载人飞行，在海洋上空试飞。

我走进“阿基里斯”号的座舱。帕金斯博士对我道：“你飞行到北大西洋上空35000米高处，按下反物质堆启动键。”

我把发动机挂到最大转速，眼前跑道在迅速缩短，海天一色。我进入了实验空域，四周实行空禁。我关掉发动机，“阿基里斯”号处于滑翔状态。我吸了口气，按下反物质堆启动键。奇异的光在周围飞快地变化，光云影中，一道蓝白色的光从机身发出。我低头

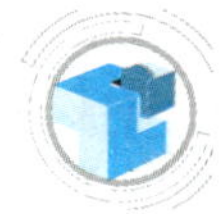

看仪表，显示屏全都黑洞洞的，光传操纵失灵，激光高度表失效，卫星通信系统损坏。完了，飞机“死了”，只有跳伞！我的手指刚触及弹射座椅手柄，舱外一道白光向我射来。

突然，狂风骤起，我孤立无援地往下坠，往下坠。我猛地惊醒，坐了起来，眼前一片漆黑，一只木碗送到我嘴边，碗里是温热的水，我一口气喝干。我想起来了，我在高空试飞，反物质堆失控……我睁开眼能看见东西了。

“你伤得不轻呀！”一个穿着古怪黑袍，胸前挂着十字架的怪人对我说着。“这是什么地方？”我问。那人低声道：“这里是洛巴城，圣彼得教堂，你一定是东方的珠宝商人！我今天在城外树林边看到你浑身是血，准是遭到十字军强盗的抢劫！”

“十字军？现在是哪一年？”我问道。

“难道你不知道现在是1202年。”1202年？我又昏了过去。当我再次醒来时，那个神秘的黑袍人沉默不语。他见到我已醒来，说道：“我叫杰；我去给你拿吃的。”说罢走了出去。

我闭上眼睛，仔细回忆起试飞的每个细节，心里明朗起来。准是反物质堆的粒子阀出了毛病，启动时大量的反粒子喷射出来，湮灭产生的巨大能量，破坏了时空统一体的连续性，把时间撕开一个大洞，使我掉回到1202年的意大利。反物质堆大概还在树林里，只要重新启动它，就能再次开启时间之门。

当杰给我送来食物和水时，我提出要到我被发现的地方去看看。杰不让我活动，说我腿伤很严重。就这样，我住在圣彼得教堂的顶楼。杰是教堂敲钟人。飞行员的体质，使我的伤很快恢复，1个月后，我开始在教堂天井边走动。杰是我接触到的唯一的中世纪人。他沉默寡言，好像在思考什么，每天打扫完教堂，给我送过饭后，就钻进自己的房间。他的房间很神秘，门关得严严实实，没有人进去过。我出于好奇，几次想进去看看，都被他拒绝了。

当我腿伤痊愈后，杰答应带我去发现我的地方。驴车在洛巴城外大树林边停下，杰告诉我这里就是发现我的地方。我让杰留在车旁，一个人走进树林。在树林深处我找到了弹射座椅，还在林子深处一片空地上发现了“阿基里斯”号的残骸，那台反物质堆基本完好。我欣喜若狂，只需再启动一次，反物质堆剩余能量就能打开时间之门，把我带回21世纪。此后，我常一人来到树林里，不到两周，主要线路基本接好。

一天夜里，我从梦中惊醒，耳畔响起一阵敲击声：“当，当，当……”我披上衣服走了出去。声音是从杰的房间里传出的，从门缝里透出烛光。杰走了出来对我说：“你该去睡觉了！”第二天，杰的门上加了把锁。杰的屋里究竟隐藏着什么？一天，杰出去了，我溜进他的房间，惊呆了，这是一个飞行试验室，房子里放着一架滑翔架，有横竖交叉的骨架，有蒙皮。它的前端有一个木质鸟头，下面有两条皮带，一个羊皮口袋。

正当我抚摸机身时，杰走了进来：“这是我的房间，你快出去。”我说道：“这可以带人上天，但有缺陷，那鸟头破坏了整体平衡。”我用我的飞行知识，帮助杰改进他的飞行器。杰用异样的目光望着我：“你是谁？从哪里来的？”接着，杰对我诉说了他的身世。他从小对鸟产生兴趣，希望能像鸟一样飞翔。20岁时，父亲送他进神学院。他秘密地解剖鸟类，研究鸟的构造，被院方发现，赶出神学院。从此，他隐姓埋名，四处流浪。10年前，他到洛巴城当上敲钟人，但一直没放弃飞翔的梦想。他秘密研究，渐渐明白了鸟飞行的秘密，决定用木头、羊皮做一只木鸟，用这木鸟送信、旅行，击退侵略者。

我听了十分感动。在我的劝说下，杰拆下鸟头，造了一架新的滑翔机。我在他的滑翔机上安装了简易襟翼系统和操纵系统。一星期后，滑翔机造好了。我教会杰有关操作方法。杰迫不及待要进行

试飞，证明人类能飞行。

一个晴朗的早晨，在教堂屋顶上，我手里拿着一只遥控器，杰站在距屋10米的高处，吸了口气，开始助跑。上升气流将滑翔机高高托起，像一只神鸟，在中世纪的天空中翱翔、盘旋，教堂前广场上，人群骚动。杰按要领在广场中心下降，他双脚一着地就喊道：“成功了，我能飞行了！”人们在广场周围用惊异、畏惧的目光注视着他。教士们狂呼着：“处死他！烧死他！他是异教徒，是魔鬼！”杰申辩着，但是，士兵们的嚎叫声淹没了他的喊叫声。士兵们从地上拾起石头，向杰和他的木鸟砸去。一声声令人心悸的惨叫声，在广场上回荡。

我站在屋顶，双手痛苦地揪着头发，没想到天才就这样被中世纪的黑暗、愚昧、野蛮所扼杀。我举起了手中的遥控器，光，奇异的彩光在天空中升腾起，21世纪文明之光，在中世纪的天空闪耀。我在光芒中向前跃起，耳边风在呼呼作响，热泪在我脸旁无声滑落。

《科幻世界》，1997年第8期，方人改编

海底寻亲

赵丹涯

元江大学学生肖吟先的父母是科研工作者，不知什么原因，使他们突然确信海底有个文明世界。公元2113年起，他们走遍了太平洋所有岛屿，从接近南极的安提普德斯群岛到最北端的阿留申群岛，到处流下了他们的汗水，印下了他们的足迹。当时他们没有子女，陪伴他们的只是一只白猫。他们用最虔诚的科学精神追求着他们的事业，他们的狂热使周围的学生都觉得不可思议，纷纷离开了他们。他们却初衷不改，仍一如既往含辛茹苦地寻找。终于发现了海底世界入口处——鲨鱼岛。

肖吟先的父母详细观察了鲨鱼岛，知道在有生之年不可能揭开海底文明的秘密，于是就返回了老家舟山群岛。在那里，他们留下了一张上鲨鱼岛的海图，并指令他们的学生——欧阳楚的爸爸，在他们死去的20多年后，用试管生育他们的女儿肖吟先。

在肖吟先生日那天，她收到了父亲的贺电，又一次激发她去鲨鱼岛寻找父母的决心。她幼时的同学、现在国际环视电视中心工作的封士兰来到她家，告诉肖吟先他了解该岛的位置，这样更坚定了她的信念。他们议定了暑期计划，定名“钓鲨行动”。封士兰为支

持这次行动，送来一艘定名“苹果”号的高级游艇。

4天后，经历了几次磨难的“苹果”号终于到了鲨鱼岛。在岛上，肖吟先意外地发现了白猫，长得与40年前她父母养的“晶晶”完全一样。白猫被收养下来后，与封士兰带来的小猎物敏敏一起，成为探海队的新伙伴。后来，他们的深潜器被一只大王乌贼紧紧抱住了，一直抱了整整六个昼夜。如果没有海人国王的救助，他们就会困死在那海底深处。当年国王也曾救下肖吟先的父母，并把他们接进了海底世界。

肖吟先在精灵丘得到了海人杨格鲁士的暗助，让白猫为探海队取来了入海的图纸，并找到为他们准备的潜海服和潜能器。在经历一个又一个的困难和折磨后，他们终于进入海底世界。

杨格鲁士通过隧道把肖吟先领到华丽的水上别墅，这是肖吟先父母居住的地方。杨格鲁士坦率地说，千百年来，我们海人从来不与陆人直接接触，也想方设法阻止陆人接近我们，了解我们的行动。从我们海人眼中观察到，由于陆人的狂妄、自私以及种种愚昧透顶的行为，我们海人一直抱着不屑与陆人为伍的态度。比如说，你们陆人为了饱自己的口福，把那么善良的青蛙都吃掉了。还有老虎、黑熊、穿山甲、蛇、猴子、鹿，以及在天上飞的、地面跑的、水里游的，你们哪样不杀戮！

杨格鲁士还介绍了海底世界的历史。他们是在465万年前，一次全球性大规模海侵时走入现在的海底的。后来，海人慢慢成为高智能动物，就把发展科学技术当作生存和发展的最主要武器。海底世界生产钢比陆地人早52万年，发现原子结构、中子结构、质子结构，比陆人早了38万年。他们发明的反物质1毫克，就抵得上2000万吨TNT量级的原子弹。海人早就可以做到来无形去无踪……杨格鲁士对肖吟先说："我的父亲是海底世界的国王，他跟前任一样，做到了与陆人互不相犯。但不同的是他结交了两个陆上的朋友，这就是你的父母。你的父母为了事业终生奋斗，背井离乡，值得我们海人钦佩。我的父亲专门为他们修建了水上别墅，你是他们的孩子，所以才能来到这里。"

肖吟先着急地问："那我的爸爸妈妈呢？"

"5年前，你的爸爸妈妈先后过世了。他们在弥留之际，还不忘给你发生日贺电，还专门克隆了白猫晶晶，给你们提供进入海底世界的线索，也是他们留给你的纪念品。"

肖吟先不禁放声大哭起来："可怜的爸爸、妈妈，他们为什么不克隆自己，为了我，他们也应该……"

"无节制地复制自己，有意义吗？从哲学上来说，人的宝贵，人的伟大，在于他的生命只有一次！重复便是糟蹋自己，重复的将

不再是生命，是行尸走肉！”

杨格鲁士的话极具震撼力，一下子镇住了大家，也止住了肖吟先的哭声。

第二天，肖吟先和同伴们被送出了海面，送回到舟山群岛。临别时，杨格鲁士要他们不必再去寻找鲨鱼岛，它将消失掉，永远不会再存在了。

《海底寻亲》，浙江文艺出版社，1997年12月，卜方明改编

拟学机的故事

赵 耿

语文课上，同学们都在朗读课文《陈涉世家》，紫丽和我在试用拟学机。林中穿出陈胜和吴广，他们把我和紫丽当作神仙，原来拟学机中设定了让我们充当课文中的卜者角色。

紫丽把课文中半夜狐叫的情节，提前到鱼腹藏书之前。紫丽和我在泥泞的路上行走，她脚一滑丢了手电。吴广站出来说：“灯笼鬼跑了！”吴广想生火，火石打不出火星。我取出打火机点燃火。吴广惊讶万分。紫丽拿出扬声器念着，“大楚兴，陈胜王……”的声音传了出去，吴广满脸惊慌。

第二天，伙夫拣回一条鱼，将鱼腹剖开，有一张条子，上面写着“陈胜王”，众人色变。正在众人议论时，吴广从营房里跑了出来，两名校尉紧跟着。众人握着锄头。一校尉的剑正要朝吴广刹去。紫丽用无声手枪帮忙，那校尉突然倒在地上。众人以为天助，大呼苍天。

陈胜见时机已到，站到小土丘上，朗声道：“公等遇雨，皆已失期……”陈胜不断鼓动大家，终于爆发了起义。

我睁开眼，取下头上的信息线。紫丽说：“爸爸搞的拟学机，使学习不枯燥。”老师听见我们说话，走了过来，要紫丽回答问题，她对答如流，重要段落还背得滚瓜烂熟。

《科幻世界》，1997年第6期，方人改编

归　航

赵海虹

莱曼一家是N国家喻户晓的英雄，一家人都是太空宇航员。我作为《默》周刊海外记者曾对莱曼作过采访。12月是“莱曼”号太空观测船回到地球的日子，时间过了半个月，没有一点动静。总部通知我到N国对莱曼作第二次采访。N国航天局以国家机密为由，拒绝透露任何消息。

一天，我接到一个奇怪的电话，是位女性，她提到了我曾对莱曼采访的事。我一阵兴奋，对方却挂断了电话。她是谁呢？我想起，莱曼曾谈起过他的意中人。会不会是他的情人打来电话？

湖畔别墅发生一起抢劫杀人案。被害人克里丝汀是位女性，曾在N国航天局工作，已经辞职，在别墅中被人杀害。我赶到现场，拍了几张照片。在湖边我发现一只小船，登上木船，在船上发现三封信，收信人都是奥赖温，寄信人各不相同。我将信件浏览一下，原来是一家科幻杂志发表了科幻小说《归航》，三名被感动的读者，给作者奥赖温写了信。三封信怎么会被遗忘在这里呢？我怀疑克里丝汀就是科幻小说作者奥赖温。

我找来了科幻小说《归航》。这是一篇宇航日记体小说，是莱曼在莱曼号宇宙飞船上记下的日记：

莱曼号宇宙飞船已完成本次旅行的观测任务，即将返航。飞船

穿越NB天体，正向黑暗的Kl天体行进。Kl天体是暗星云中收缩特别厉害的部分，正在进一步分裂，将会形成很多恒星。我在电脑前记日记。妹妹安妮正坐在我旁边。我对她说："去红外观测室，观察恒星形成过程。"安妮却说："我希望发现智慧生物。"

克里丝，你听到我呼唤吗？莱曼号有巨大发现，我们发现了外星人的载人太空舱。爸爸正在向总部报告。这个外星人为什么被放入太空舱，发射到宇宙空间呢？也许是外星人惩罚犯人的方式。机械物已把外星人太空舱抓进飞船。安妮正想和外星人沟通。

我们抛弃了外星人太空舱，留下了昏迷不醒的太空人。这外星人样子和我们很相像，有四肢、五官，皮肤是红的，眼睛狭长，一个鼻孔。他昏迷不醒，也许是可用气体耗尽的缘故。我们对他进行仔细消毒。安妮在无菌室里照料他。

外星人醒了，我立即向总部作汇报。外星人睁开蓝色眼睛，态度很冷漠，拒绝与我们沟通。安妮把宇航食品给他，还对他微笑，牵牵他的手。他却粗暴地甩开了，看来对我们陌生人心中害怕。

安妮给外星人听"地球之音"铂金唱片。外星人态度变得平和了，但他拒绝与我们作进一步沟通，一会儿，外星人又进入昏迷状态。安妮急得团团转。医学专家的妈妈也诊断不出外星人的病。妈妈要安妮不要靠近外星人，他可能带病毒。

外星人醒了，安妮却病倒了，染上一种奇怪的病。准是外星人传染的。怪谁呢？是我们主动接近外星人的。

昏迷了三天，外星人醒了。爸爸把他关在无菌室里，想和安妮隔开，妈妈说，没有用了，安妮已经感染了。我心中感到恐慌，我怕莱曼号回不到地球了。

爷爷也病倒了，样子很可怕。爸爸向总部汇报，要把外星人放入封闭室。总部不同意，要活的外星人。安妮苏醒了。外星人握着她的手。安妮惊叫道："我能和他交谈了。"外星人说："我们的星球流行一种周期性昏迷症，是一种无法彻底隔离的传染病。病人被放入太空舱，发射到外太空。我被你们发现，本希望你们不会被传染上，所以，我拒绝用肢体接触来进行沟通，现在一切都晚了，你们也已被感染。”安妮听后手脚颤抖，说道：“我要死了！”

我们商量，要是飞船回到地球，会把病毒带回去，总部一定会对这种病毒感兴趣，用它作为生化武器。安妮在太空中发现一个黑洞，她要毁灭自己和外星人。她对我说：“哥哥，把我们送进黑洞。你们不必牺牲。”

总部反对我们的计划，因为对外星人、对病毒感兴趣。外星人说：“这种传染途径不清的烈性病毒会在地球上蔓延，危害成百上千万生命。”说罢，又进入昏迷状态。

飞船上只有我一人具有免疫力，但我身上已携带病毒，也会传染。我给总部发了最后通告：“莱曼号正向黑洞驶去。这次考察所有资料、数据已通过电脑网络，进入总部资料库。永别了，地球母亲！”

我读完《归航》，感到无比震撼。小说中的克里丝就是现实中的克里丝汀。小说《归航》记载了莱曼号失踪的真相，而且《归航》是莱曼宇航日记的原文，是宇航日记的删节本。在N国航天局工作的克里丝汀为证明爱人的清白，辞去职务，冒着被戴上叛徒罪名的危险，盗走了莱曼的宇航日记，以科幻小说形式进行发表。

我想到了湖畔别墅克里丝汀被杀，这是一件普通谋杀案，还是一桩政治谋杀，只有N国航天局清楚。要我报道莱曼号归航的内幕是无法完成了，我把《归航》推荐给读者，让人理解莱曼牺牲的价值。

《科幻世界》，1997年第4期，施鹤群改编

魂游天国

张继安

美国科学家布什在旅游时发现了一个古代冰川遗迹。随后，他向加州地学研究院发了紧急电报。第三天，布什和地理学家文森特、动物学家科西佳、植物学家玛丽亚、通讯工程师弗兰西斯、土著人向导巴肯等8人组成探险队来到无人谷。这儿已有17个探险队来过，都是来了三天就中断探险，返回时什么都忘了。向导巴肯介绍说，这儿没有动物，植物也少，他们第二天就发现手表慢了几小时。弗兰西斯认为这可能是有个强大的磁场中心。第三天他们发现一块边长46.52米的正方形怪石，上面有复杂的磁纹，判断可能是外星人记录信息的磁板。报告基地后，巴肯和同来的医生伊丽莎白、电磁专家韦尔教授带回院长的信、8套磁防护服和驮满东西的马。他们把磁板上的“天书”复制下来送往研究院。

探险队继续前进，来到一个巨大黑色圆台旁时，克里斯和霍克突然昏倒，在众人帮助下才抢救过来。第8天，队员回到研究院。

17个月后，“天书”在29个国家合作下被破译，证实是X星球上居民来地球考察时写的，这下引起了世界轰动。美国白宫委托加里森完成“太空搜索”的实验计划，布什任队长，增加信息学家贝尔和社会学家珍妮。他们在谷底建立实验站，安装了电台，24小时向太空呼叫。

半年后的一个深夜，值班的霍克突然看到飞碟，他边按警铃边报告总部。飞碟上下来的一男一女，全身反射着绿光，脸带善意，而霍克却误会他们并向他们开了枪。枪声一响，顿时一片黑暗，布什等人失去知觉。加里森院长在荧光屏中目睹一切，立即乘专机赶到实验站，那里已空无一人，只发现一块黑怪石。经测试，是所有队员被压缩了的尸体。

议会决定追认他们为“美利坚”英雄。举行国葬的前一天，中国学者来信认为，布什他们的灵魂被传真到另一星球复制，是一场罕见的星际劫持。于是，葬礼无限期推迟，并继续进行太空搜索。

布什醒来时已在绿星国家实验室里。第二天队员们都醒了，绿星科学院院长兰特博士和秘书凯茜小姐接待了他们，并告诉他们的肉体已被发送器分解，基础物质留在地球，而构成信息则送到绿星，用与地球相同的物质，按照构成信息组合就会再生。绿星要寻找高智能生命的基因来改造绿星人类重新获得发展活力，地球人健壮、聪明，成为改造绿星人的最佳选择，因此邀请他们来。因遭地球人枪击，邀请方式不礼貌，请原谅。布什等人受到优厚的招待，还享受到了用KT飞行器带他们去旅行的待遇。

据兰特博士介绍，绿星有8000多万人口，采用“心理换代器”感受成年人的脑信息，换成电磁信息传给儿童，成年人的一切……包括秘密，移植到孩子脑里，一代接一代，长生不死。博士已3841岁。这里学校没教室、教师和桌椅，教具是电磁“信息灌输器”。在豪华的体育馆里，比赛没冠军和名次，崇尚的是集体胜利和集体力量与自然环境的顽强拼搏。

在工厂的粒子重组器旁，四位最优秀的机器人卡顿、卡辛、古力、古姆应队员要求，向机器敲击指令，木材、玻璃、钻石……不断出来。绿星上57个城市中每市都有一台粒子重组器，千万家庭每家都有一台小型的，这样就能产生生活中需要的一切物资。在航天器研究中心，绿星人头上戴着一顶“思维辅助器”的假发，就能与电子计算机联网；在医疗研究中心里，戴上它，就能成为医学家……在电视显示屏上已死去几千年的克林特总统的复制品电脑总统接见他们：欢迎客人到来。为了地球人的安全，谁也不能告诉他们在这里做客的事。

克里斯患病了，布什很着急，绿星医院诊断是肝癌晚期，卡贝医生用流油疗法，一上午就使克里斯恢复健康。应布什要求，绿星医院为全体队员作了检查，虽都有点毛病，但没人愿接受整体再造治疗。凯茜小姐带他们去刚建好的地球城，还给每人一张膏药贴在额上以巩固治疗。连着几天，大家兴奋地工作着。科西佳偶然发现贴的是麻痹他们的快乐膏药。大家决定伪装积极工作，作逃亡准备，同时搜集资料。弗兰西斯悄悄安装好“金梭”号飞船。凌晨4点多，满载探险队员的“金梭”号直冲九霄。不料被兰特发现，立即驾机急追。

“金梭”号飞出数小时后，突然飞行速度放慢，船里变冷，队员四肢冻僵不能动弹，醒来后知道飞船已驶进了死亡空间。幸亏兰特博士及时赶到抢救，不然全船毁灭。恢复健康后，大家还是照常工作。霍克特别努力学习。珍妮提醒队长，霍克可能会干蠢事。果然，一天霍克煽动4个机器人造反，并分别给他们扣上一顶红色头盔。不久绿星大片植物萎黄枯死，信息网络瘫痪。在贝尔等专家的努力下，很快解决了。接着又出现机器人起义，人机之战持续数十天，数千绿星人死于非命。兰特请来布什等。伊丽莎白和玛丽亚被炸伤而死，霍克昏迷。当他醒来后大叫：“后悔！该死！”这是霍克头上戴的红盔与机器人的红盔连接起的作用，使4个机器人做出同样反应。4个机器人不再叛乱，一切恢复正常。贝尔收到一封地球电文，要求善待12名地球人。他们与克林特总统谈判，同意与地球建立通信联系。加里森院长挑选5位专家进驻实验站，经谈判，绿星人同意送队员回地球。队员表示会将美好的绿星社会介绍给地球，并动员移民来绿星。

兰特、凯茜、4个机器人和队员，包括经再造复活的伊丽莎白、玛丽亚登上“金梭2号”飞船。沿路经过魔鬼太空城，看到了废弃的太空飞行器等太空垃圾。中途又在全是机器人组成的S城旅游10

天。飞入地球轨道，经美、俄、中派出3人小组“检疫”，汇报飞船带来许多先进的外星技术，谁能得到谁就能主宰地球。强国首脑卷入争夺的舌战。为独吞财富，全球除中国外，核大战一触即发，将给地球带来难以想象的灾难。探险队决定烧毁一切，只留下一瓶神水救玛丽亚的儿子用。他们向地球走去。兰特博士他们乘了“S星1号”返回绿星。

《魂游天国》，福建少年儿童出版社，1997年10月，赵滁先改编

寻　找

张佳颖

我坐在桌前，拿起一本新买的科幻小说，翻开第一页，一行字“2611年”跳入眼帘。这时，有人拍我一下，一个小伙子伸出手道：“你好！小姐。我叫A47。”说罢掏出一张卡片给我。

这是一张像电话磁卡样的硬质卡，卡片上有一个屏幕，屏幕下是一排按钮。我按了一个按钮，显示出一行字：“A47，2608年生。”我惊讶地问道：“现在是哪一年？”“2611年。”我莫名其妙地被弄到一个陌生地方，时间流逝到2611年。我面前的那个小伙子竟只有3岁，正是那本科幻小说描写的年代。

A47拿过一本书说：“这是一本历史书，我看到你生活的1997年，你看到我生活的2611年。”原来我和他手中拿的两本书是时间隧道两端的门。一刹那，脑电波产生了共振，得到了打开时间隧道之门的钥匙。因为我身上能量大，穿过了时间隧道，进入了2611年。我看到未来世界中的人，比我聪明，比我漂亮，真叫人嫉妒。

A47带着我见识了他们的文明。他说：“社会发展到无可挑剔的地步，但我觉得生命中少点什么。我想向你们古代人寻找答案，现

在你来了正好。”他告诉我他没有父母，27世纪的人都是靠无性生殖繁衍后代。现代和后代之间没有联系，他从没见过父母。

我告诉他，我一生下来被爱所包围。在生命的每刻有爸爸、妈妈的爱。妈妈的爱，细致入微；爸爸的爱，宽博广大。

他听了我的叙说后，说道：“爱是伟大的。我们缺少的正是爱。我也要寻找爸爸。”

我们费了九牛二虎之力，在网上查到了A47的出生地和他爸爸的地址。我同他一起找他爸爸——C32先生。这位先生是一位和蔼的中年人。他很忙，答应给我们10分钟时间。我们向他讲述了一切，他动容了，忘了时间。他眼里闪着泪水，对A47说：“你是我儿子？” “爸爸！”父子紧紧地拥抱着。站在一旁的我也被感动得泪如雨下。

C32先生道：“谢谢你，儿子！今天我才有了灵魂，才感到充实。”C32先生建议在网络上发出一个声控电子文件，让每一个听到的人受感动。说干就干，我们就在电脑前干了起来。10天后，我们在街上走着，每个人脸上堆着笑容，他们生活幸福。因为心中有了爱。

我叫A47拿起那本历史书，说道：“我要走了，再见！我会永远记得这段难忘的经历。” “我也会，再见！”

晚上，我走到爸爸妈妈身边，说道：“我再不敢想象，如果我的生命中没有你们。”

《科学世界》，1997年第10期，施鹤群改编

我的错

张佳颖

林风对我说，一个不明飞行物正朝我们飞来。说实话，我对“不明飞行物”不感兴趣，恐怕是一颗卫星，或是一艘飞船。

“不明飞行物大约5分钟就可以到这里。好像故意冲我们而来。”林风兴奋地说道。如果真是外星人，我就是世界上第一个与外星人相会的人了。我按捺住激动，平静地发出指令。我开始想入非非，把我看过的科幻小说的内容都从脑子里调出来，想到了和外星人握手，一顶史无前例的桂冠将戴在我头上。

“有回音，真是外星人！”林风大叫起来。我跑到林风身后，计算机屏幕上出现一行字：“我们是M星生物，我们很小，你们根本看不到。刚才收到你们的信号，学会了你们的语言文字。前些年，一个犯人越狱，逃到了地球，你们把他叫作‘癌’。你们对他毫无办法。现在，我们把自己装在一个盒子里，只要与水混合，注入病人体内，我们就可把罪犯‘癌’消灭。”

“多伟大呀！”林风大叫着。我为了拥有“第一个会见外星人”、“癌症克星”两顶桂冠，用手中的枪结果了林风。我不允许任何人成为我发迹路上的绊脚石！我拿了一支注射器，拉开一个舱门，房里躺着一位癌症病人，她要乘飞船到月球上等死。我对她进行了注射。突然，她坐了起来，狂笑着：“你上当了，我们能治好癌症，但我们不会再走了，我们要进入你们的身体，控制你们的灵魂。不久，地球就是我们的殖民地。”

我想拔出枪杀死她，但抬不起手，我的意识开始模糊。我看到了孩子时代的我，看到血从林风的背后涌出。我眼前更模糊了，意

识要完全丧失了，我喊出了生命中最后一句话："我的错呀！"同时一头向飞船自毁装置按钮防护罩撞去。

《科幻世界》，1997年第6期，方人改编

两个"小祖宗"

张　静

儿童医院有两个不安分的小病人，一个外号叫"吹破天"，一个叫"聊破地"，大家叫他们小吹和小聊。

小吹吹牛说："等我病好了，我要登上时间旅行飞机，飞到几万年后的世界去。我要上太空城。"小聊说："要真有时间旅行飞机，我也一定飞到几百年后的文明世界去，到海底城玩一趟。"

高医生非常喜欢这两个小朋友，但他很为他们伤感，因为他们得的是不治之症，现代医学无法挽救他们的生命。他听了孩子的话，心里思忖，能不能找到时间旅行飞机，让他们等到几百年以后，那时的科学发达了，相信一定能治好他们的病。高医生经过多方努力，终于见到了奇迹：在南极，人们把一位"冻"死了20多年的考察队员救活了。既然冷冻能使生命中断，那么这两个小朋友不就有救了吗？高医生决定让两个小朋友去冬眠宫。

几天后，小吹和小聊来到冬眠宫。他们走进蓝色玻璃大厅，四周隔着一间间透明的小房子。每间小房子睡着面容安详的冬眠人。怀着对未来世界美好的幻想，小吹和小聊接受了人体冷冻术。

200年过去了，小吹在一天早上醒来，见到几个和自己长相不一样的人，他明白了，一定是200年以后的人。他去找小聊，小聊也正好来找他。他们肚子饿了，很想吃东西。这时，走来一个跟他们模样差不多的女孩。女孩叫珍珍，比他们早醒过来两年，告诉他

们现在人们吃的是各种人造蛋白和海生物……她介绍旁边的一个高个子叔叔就是康复医生。小吹不服气地说："我们都是200年以前的人了，干吗叫他叔叔？"小聊说："他该叫我们'小祖宗'才是呢！"

小吹和小聊坐上轮椅来到外面，珍珍指着一座座冰峰介绍说：这是南极。这里的气候对你们康复有利。康复医生拿着他们在200年前填写的冬眠卡对他们说，现在的科学很发达，你们的愿望可以实现了。果然一个多月以后，小吹和小聊完全恢复健康，于是医生们把小吹送上太空城，把小聊送到海底城。

不久，小吹从太空写了封信给小聊。信上说："我乘飞船来到太空城，这儿的人都会飞。珍珍送给我一件银光闪闪的紧身太空服，还在两侧安上了精致的人造翼。钮扣就是电脑钮。这儿的人们为我召开欢迎会，我在会上表演拿手的新疆舞和迪斯科，全场沸腾了，因为他们从未见到过。我又唱了几首在少年宫学会的歌，表演一结束，我就被掌声和鲜花淹没了。晚上，我被安排在一间蜗牛形的华丽的房间里休息，要吃东西只要在一个仪器里放进一张卡片，饭菜就会自动摆上桌；想睡觉只要一按电钮，墙壁上便会弹出一张舒服的床来，方便极了。"

小聊接到信后，也从海底城写了封信给小吹。介绍了他在海底城的情况："我是乘潜水艇来到海底城市的，这里到处是茫茫海水，可我游泳水平不高。还好，医生给我一套'海人服'和'人工腮'。这下可舒服了，可以自由来往，这儿的交通很方便，小艇比几百年前马路上的汽车还要多。我在海底龙宫俱乐部里受到现代人的热烈欢迎。我给他们画画，把几百年前的房屋画给他们，画一张，就在屏幕上显示出来……这儿很先进，反正我们当年想到的，现在在这儿全见到了。我还在这儿交了好朋友，叫飘飘，她代替地球少年去火星参加智力竞赛，得了一等奖刚回来。她跟我约定了，

元旦上太空城去看望你和珍珍姐姐。”

元旦这天，小聊带着飘飘果真到达了太空城，他们终于见到了小吹和珍珍。

《神秘的声波》，福建少年儿童出版社，1997年10月，周肖改编

冰山融融

张　静

胡珊珊到长安考察站采访站长杨波夫的先进事迹。她要写一个关于南极考察工作的电影文学剧本。队员们告诉她，站长正在东边的冰丘山扫雪。胡珊珊走过去，见到一个大胡子。边上有位身穿浅蓝色缎裙的姑娘，躺在带水晶盖的银色金属匣内，匣外罩着坚硬晶亮的拱形小冰丘。姑娘清秀、娇小，显得超凡脱俗。

“她死了多久，为啥葬在这里？”胡珊珊话刚出口，大胡子生气地大声说：“她没有死，她不会死！”

晚上，杨站长接待了胡珊珊。吃饭的时候，他喝了点儿酒，话多起来，讲起3年前的一段往事。

3年前，“企鹅”号考察船完成了往南极长安考察站运送补给的任务。返航途中，突然接到帮助联合国完成运送3座冰山去非洲的任务。因为非洲干旱，急需用水。北京答应为解决运送中的技术问题，派一位博士来协助。

第二天清早，直升机降到考察站，从机上下来一位20岁左右的姑娘，自我介绍叫白婷婷。杨站长有些瞧不起她，二副显得很殷勤，处处讨好她。

按照白婷婷的指点，考察船找到适合拖运又减少阻力的冰山。为了用几根铁链拴住冰山，白婷婷和杨船长又争起来，结果出了事

故，把白婷婷的腿弄出血了。杨船长去找白婷婷道歉，顺便问起她家情况。原来白婷婷日夜思念想找的生父就是杨船长。杨船长24年前与白玫瑰结婚，因为离不开远洋事业和她分手了。白玫瑰生下女儿后，与西欧人结婚。她告诉女儿生父是冷血动物。婷婷有她父亲的遗传因子，长大后学了海洋物理学，毕业后去过北极，到过阿拉斯加，研究成功了凝冰剂和溶冰剂。白婷婷要杨船长替她保存好带来的两种粉剂，同时告诉他，二副心术不正。

冰山运进非洲的前一天晚上，二副进入白婷婷寝室偷粉剂被发觉。争夺中，白婷婷受伤。杨船长赶到，二副已乘救生艇逃跑。杨船长把白婷婷抱在怀中，女儿终于原谅了父亲。

3座冰山到达非洲时，因天气酷热要融化。在杨船长束手无策之时，白婷婷取出蓝色粉剂，乘直升机飞上蓝天，将粉末撒在冰山上，顿时冰山凝住，像罩上了网罩。冰山到达非洲后，村民欣喜若狂，纷纷过来取水，但冰凝住不化，取不下来。此时，白婷婷又取出红色粉末，坐上直升机再次上天，将粉末撒下，冰山融化，水流潺潺，顿时万民欢腾。

考察船胜利返航，白婷婷病情加重。此时又传来消息，白婷婷他们的实验室被炸，教授和助手全部死亡，罪犯就是那个二副，他被种族主义分子手中的一个恐怖组织收买，现在已被抓获，但制造冰剂的专家，只剩下白婷婷一个人了。白婷婷在得知消息后，将秘方向杨船长交托，但力不从心，未写好，已经不治。

杨船长为女儿的新发明恳求医生。医生经过研究，决定采用人造心肺功能取代，但需要等待几年。因此，建议凝冻白婷婷。于是，杨船长向冬眠宫联系，冬眠宫安排白婷婷凝冻在长安考察站的冰丘上。

人们都盼望着白婷婷早日复活……

《神秘的声波》，福建少年儿童出版社，1997年10月，周肖改编

决 斗

张晓牧

载我来的飞船已经离开DG≠15小行星，现在，只剩下我和他。我俩每人只带了3天的食物、氧气及一支激光枪。3天后，另一艘飞船会来这里，载着一个活着的人离开这里，另一个人将把DG≠15小行星当作坟墓留在这里。

我和他来这里是为了决斗。这种决斗现在正流行，没有裁判，没有证人，没有助手，没有规则，只有胜败和存亡。用这种方法解决问题，不受法律制裁，也不受干扰。我和他是一对情敌，进行这场决斗后，仇怨便了结了。

我和他都生活在另一颗星球上，从小学到大学，一直在一起，情同手足，毕业后还常相聚。直到那一天，我俩遇到了她，一切都被改变。从此，我俩开始冷战，都希望对方退出竞争，但都不可能。我俩曾多次要她做出选择，她总回避。最后，我向他提出决斗建议，他答应了。决斗是秘密的，失败者作“意外”事故处理，她不会知道事情真相。

在痛苦的回忆中，我已走完路程的一半。为减少红外线辐射，以防被他发现，我把温度调节到最低。突然，红外线搜寻器发现了目标，就在1千米处，一定是他。他速度很快，900米、700米、500米，他已进入我的射程。400米，我扣动了扳机，一道光从枪口射出，他倒了下去，我快步向他走去，看他是否已咽气。

当我走近他时，突然发现倒在地上的不是他，而是她！我像疯了一样冲过去，抱起她。她告诉我，她是从飞船公司查到我们的目的，赶来想阻止决斗。她向我断断续续地说着：“你俩都是优秀的男人……我配不上你们……我隐瞒了身世，我是个基因合成人，不能和自然人通婚……”她的声音越来越弱，最后一片寂静。

一声响惊动了我，他站在那里，满眼泪水，枪口对准了我，说：“你杀了她。”“是的，你已听到了。”我平静地说。

“我要杀了你！”他的眼睛射出吓人的光。

“那会脏了你的手！”我举着枪，对准自己的脑袋，说：“请你把我和她合葬在一起。你和她都不知道，我也是个基因合成人！”接着，我扣动了扳机。

《科幻世界》，1997年第8期，施鹤群改编

亚特人的篮球赛

张兆鑫

银河奥运会闭幕后，地球代表团团长邀我到奥运村酒吧一叙。他告诉我说，亚特人脑力得到充分发展，而四肢萎缩，没有什么体育运动了，才导致任何项目屈居末位，我无言以对。临走他给我一张记录有地球上所有体育运动资料的激光镭射磁碟。

我回国后，足不出户，研究那磁碟的内容。他们的篮球技艺使我大开眼界，我决心仿效他们建立一支亚特星篮球队。几天后，我精心挑选出肢体健全的队员进行训练。在训练中犯规的事情经常发生，这我能理解，要在比赛中摆脱超能力是一个漫长的过程，我不急于求成。由于积习已深，在一场对抗赛中，双方队员不断发生口角，最终动起拳头。在双方厮打中，夹在中间的我被打伤，鼻梁骨骨折，休养了3个月。篮球队在两位队长带领下，恢复训练。

一次，我让秘书偷偷带我到训练基地看看队员训练。球场上，两队队员盘膝而坐。篮球在他们的头顶飞来飞去，一双双无形手把球抛来射去，球飞进了篮筐，自动记分。看到这情景，我歇斯底里地对秘书说："快，送我回医院！"

《科幻世界》，1997年第7期，方人改编

凯　风

赵海虹

20世纪30年代，英国人邓恩认为时间和三维空间一样，现代人在特定情况下，可与过去人和未来人相遇。21世纪初，超光速粒子的存在使邓恩的想法得到证实和利用，“四维空间旅行器”研究进入实质性阶段。各国科学家试图发明一种封闭型机器，人在机器中被分解成为原子，由超光速粒子送到四维空间的另一点，再重新组合成人。其难题是进入另一时空的人，无法返回原来的时空。

我在论文中说，物体运动的本质是空间的扭曲。从四维空间坐标A到B，实际上就是机器内的封闭空间，在外力作用下扭曲到了B点，如外力消失，仍返回A点。使人返回A点的力，即四维空间自然力。在四维空间旅行器中，超光速粒子使机器使用者由A点到达B点，并在B点保持一段时间，在四维空间自然力作用下返回A点，机器把原子重组成人，回收超光速粒子，完成四维空间旅行。

2031年5月3日下午，我坐在实验室里，面对四维空间旅行器，要亲自做一次实验。14时40分，机器开始工作，我设定四维空间目的地B点，停留时间4小时。高精度电脑推算出施加在超光速粒子上的能量值。渐渐地，我感到了自己存在于20世纪的某一天，我看见了镜子中我的形象，那不是一个正常人，是机器在把我的身体分解成原子进行重组过程中出现了差错，服装长到我身体上。

妈妈躺在我面前的床上，她没有惊恐，“我就要有一个孩子了，请帮我打个急救电话。”我照办了，我穿着爸爸的外套，戴着口罩、墨镜，坐在她身旁。救护车在飞驰，妈妈在痛苦呻吟。我正在考虑该怎么办？我设定的逗留时间为4小时，时限一到，四维空间自然力会把我以原子形式送回实验室的机器里，机器会对我进行原子重组，使我恢复正常。我能支持4小时吗？

“我想看看孩子！”处在半昏迷状态的妈妈这样说着。马上又闭上眼睛，不再说话。救护人员说：“深度昏迷！”“妈妈！”我情不自禁地呼唤着，热泪洒在她苍白的面颊上。离设定时间还有1小时20分，我全身剧痛，视力衰退。我是个原子混合体，我在走向死亡，死在自己出生之前。一个模糊人形出现在我面前，是我外公。他对我说道：“实在太感谢了，如果孩子出世，请您取个名儿？”

我想了想，说道：“叫凯风，出自《诗经》，歌颂伟大无私的母爱。”突然，我听到婴儿的啼哭声，一个新的生命来到这个世界。我知道，同一时间，同一生命体是不能共存的，我不能与过去的我共存。当我的婴儿体成为独立生命时，他与我之间产生强大的自然斥力。这种自然斥力使附着在我体内原子上的超光速粒子拥有的剩余能量，不足以继续维持空间扭曲状态。于是，我又被送回2031年，在原子又一次分解和重组过程中，我身体恢复了正常，出现在我的实验室里。

这次实验对我改进四维空间旅行器有重大意义。虽然原子重组的稳定性存在一些问题，但总有一天能圆满解决。

一个风和日丽的日子，我和父亲一起去为逝去的母亲扫墓。我们在她的墓前献上一束美丽的鲜花。

《科幻世界》，1997年第3期，方人改编

金环蛇和银环蛇

郑文光

护林员的儿子从出生那天起就一直生活在青竹寮上的一座经受多年风雨吹打变得斑驳不堪的竹寮里。男孩儿的父母出远门了，整个家和林子就压在13岁的男孩儿肩上。孩子坚强。正是狩猎的季节，过往的猎人经常到竹寮歇脚，临走时总要给孩子留下一点儿野味。这次，老猎人高老祥竟带来了一条金环蛇。

金环蛇有剧毒，老猎人却把它驯服了。它安分地缠绕在须发雪白的老人脖子上。猎人有一支不知用什么材料做成的笛子，一吹，金环蛇就会舞动起来。他问男孩儿喜欢不喜欢，男孩儿点头。老人把笛子交到男孩儿手上。

男孩儿吹出第一个音符，金环蛇耸起了身子，第二个音符使得金环蛇完全脱离了老捕蛇人；伴随着第三个音符，金环蛇立刻扭动起修长的腰肢，不断上下飞舞。男孩儿吹着笛子，身心也浸融在大自然的美色之中。他从来没有感到像现在这样舒畅过。当笛声停下来，老捕蛇人不见了，金环蛇竖着身子，细小的眼睛盯着男孩。男孩儿找来一个盒子，金环蛇自动钻了进去。

在一次护林巡查中，男孩儿突然听到一阵撕裂人心的惊叫声，赶过去，见到一条银环蛇正在攻击4只刚孵化出来的小鸽子。母鸽子咕咕尖叫着护卫自己的孩子。

男孩儿立即拿出笛子吹起来。银环蛇很快离开鸽子冲着男孩儿舞动起来。笛声急促起来，蛇的舞蹈变成了疯狂的跳跃。也就在这时，母鸽带着小鸽子躲得不见踪影了。笛子声停住，银环蛇瘫软在地上，一动不动。男孩儿转身往回走，攀上一个高坡在石块上休

息。他听到窸窸窣窣的声音，扭过头一看，那条银环蛇正向他爬来。他起身回家，银环蛇还是跟着他。在竹寮的门口，银环蛇和金环蛇面对面碰上了。两条蛇都竖起身子，警惕地打量着对方。男孩儿吹起笛子，两条蛇都抖动起来，就像跳着经过训练的双人舞。男孩儿心里乐开了，让银环蛇住进了另一个纸盒里。

爸爸妈妈出远门回来了，还带着心爱的名叫“乌脊”的小狼狗。男孩儿和爸爸讲话的时候，“乌脊”在屋里突然发现了纸盒。狼狗不知道是什么东西，打开了纸盒。银环蛇窜出来，咬死了狼狗。爸爸看到孩子在家里养了两条毒蛇，气愤地提起铁锹打下去，两条蛇如同闪电一般，从门缝窜出去了。

男孩儿追到山后，吹起了笛子，两条蛇很快出现了。男孩儿边吹边走，他要把蛇引回到深谷里去，让它们重返大自然。可是，爸爸循着笛声从后面追过来，见到了蛇。男孩儿想对爸爸解释，爸爸根本不听，抢过笛子，使劲扔进了远处的深谷，随后抄起铁锹打下去，男孩儿去拉，仰面摔倒，正好压在银环蛇身上，负痛的蛇立刻弓起身子，在男孩儿的光膀子上咬了两个深红的血点子。两条蛇顷刻间不见了。

爸爸把男孩儿背回家。母亲见到孩子左胳膊已经发青，眼泪像泉水般涌出来，护林员也觉得自己太粗鲁。他们失去了心爱的小狼狗，现在眼看儿子又将被夺去生命。他们心疼至极，只希望昏迷的孩子能活过来。

半夜，他们护卫着孩子。忽然，一道亮光射进竹寮门里，伴随着的是一阵大头皮鞋声，进来的是老捕蛇人高老祥。护林员冲上前求老猎人救孩子，再一看，猎人脖子上盘着一条金环蛇。两人吓得惊叫起来。老猎人说："别怕，这条蛇是不会咬人的，即使你拿锄头去砸它。你儿子可不是这条蛇咬的，要晓得这条蛇赶了30千米山路来找到我报信的，不然我怎么知道你儿子受伤了呢？"

老猎人边说边掏出刀片，削开蛇咬的伤口，把毒液挤去，用药包扎，又用另一种药和上水，撬开孩子的嘴灌进去。男孩儿慢慢醒过来了。

高老祥对护林员说："你孩子很聪明，但还不懂野性的蛇是难养的。我送给你儿子的金环蛇是经过科学调理后由我豢养的。我没有跟他说清楚，才让他吃了亏……"

护林员夫妇对老捕蛇人千恩万谢。高老祥拍拍金环蛇的头，意思是要说谢，金环蛇也有一份功劳呢！

金环蛇听到表扬竖起身子，那黑色分叉的舌头直舔到老头儿的脑门上。

《神秘的召唤》，新蕾出版社，1997年7月，周肖改编

脑　界

周宇坤

韦恩已经有一个多月未涉足这个环境：周围是透明的体液，灰蒙蒙的平原伸向模模糊糊的远方，中间还嵌着一条沟壑，这便是脑界。韦恩是脑界的拓荒者，这回他遇到了麻烦，当他迈出循环舱时，遇到一股强烈的体液湍流，把他甩了出去撞到壁神经上。他仔细一看，幸亏这个大脑已进入深度休眠。韦恩检查了随身装备，生物电池撞坏了，无法工作，这样，深入脑界探险成为泡影。

“韦恩，你是否遇到了麻烦？请回话。”韦恩从手机里听到了总裁的声音。

“没什么，是脑部体液湍流，设备无恙，生物电池撞坏了，不过我可以完成你给我的最后拓荒任务。为节约电能，我不使用导航仪。”韦恩对手机说道。

“没有导航仪，你可能会迷路……”

“总裁，你相信我吧！”

“好吧，你记住：大脑休眠最多只有1小时。千万注意，及时返回循环舱。我们的顾客是个显赫人物，我们不能有丝毫差错。你可不要为了妻儿的事而影响工作。”

“我明白。”韦恩关闭了手机，周围又沉寂下来。总裁的话触动了他内心的隐痛。他忘不了6月15日这一天。韦恩心灵深处责备自己已不下千遍，他答应过妻子海伦、女儿苏茜，挣了钱，带她们

到海滩好好享受一下天伦之乐。但是，他为摆脱失业困境，必须在大脑拓荒公司苦干。1个月前，韦恩决定趁假期，带娇妻幼女去棕榈岛。

6月15日傍晚，韦恩去旅游管理处借气垫。正当他背着气垫赶回沙滩时，听到了闷雷。他看见远方的云层中出现一颗红点，拖着一条黑色尾迹，朝海岛飞来。它越来越近，是一个椭圆状金属样飞行器。这个飞行器失去了控制，海滩上人们在惊叫，海伦、苏茜惊呆了。一个强大气浪向韦恩扑来，他很快失去了知觉。

没几天，棕榈岛被封锁起来。一个UFO专家登上海岛进行了调查，说是不明飞行物体带来的灾祸。万分悲恸之余，韦恩足不出户，只是出于对公司总裁的感谢，才愿意完成最后一次拓荒任务。想到这里，韦恩控制了感情，振作起来。他看一看手表，再过1小时，这里不再是平静港湾，脑电波一旦剧烈活动，生物电波会刺破这片空间，他的生命会受到威胁。

韦恩沿着大脑沟壑向纵深挺进。沟壑两侧隆起众多小丘，频频闪着生命微光，显示生命存在的痕迹。他的目的地是大脑左半球后面部分，即是人的智力温床。韦恩经过大脑逻辑分析区，接下是排列分类区、数字计算区，再后便是目标：语言区。韦恩这次拓荒任务是：检查脑存，用生物激光多开几道沟回，在语言5号区用M国语言植入顾客所需的知识和信息。韦恩不知道顾客是谁，不知道他的姓名、相貌、性格及他的过去。韦恩只熟记自己的任务，进入分子间隙变更室，再进入人体体内完成任务。

现在，韦恩压制住心头悲伤，在大脑沟壑中前进。这顾客的左脑比右脑发达，左半球分析区发达，排列分类区沟回多，数字区也不少。看来这顾客是沙场老将，足智多谋，工于心计，处事冷静果断。周围一片宁静，颅顶和大脑皮层在远处合在一起。韦恩怦然心动，他又想起了海滩上的海伦、苏茜，想起了那可恶的UFO，泪水

流了出来。这时，他身体猛地一沉，陷进一片沼泽。他的双脚撞到富有弹性的物体上，脚踏到了连接左、右脑的神经组织。他努力地挣扎着往外爬，大腿露了出来，头顶上看见一个白细胞像一张展开的大网扑面而来。韦恩意识到得赶快撤离，可是，小腿尚在陷阱中。在他快要绝望时，拾到一把下陷时失落的生物激光枪，用它对着白细胞射去，那白色大网消失了，韦恩爬出陷阱，回到原来的路线上行进。

过去的一幕是一个危险的信号：大脑休眠程序不像开始那么深了，这使韦恩急速地朝前行进。他到了语言区，没有止步，继续前进，他忘却了身处何处，当他站定时，已到达了记忆区。他离开大脑的沟壑，绕过小丘，来到5号丘前，取出脑存显译器，覆盖到大脑的沟回上，显示出大脑贮存的信息：

No.22 坠落在棕榈岛上的是太空“智能卵石舱”。由于计算机对云层估算厚度失误，穿越云层时耗能过大，致使推力不足而坠毁。为防止泄密，报道称UFO坠落事故。

No.23 经总统指示，我们向M国转让“智能卵石”，使M国对G国构成压制作用，并可对C国实施惩罚性打击。

No.84 “智能卵石”技术转让协议将签订，在20日前必须完成对M国官方语言的掌握。

看到这里，韦恩难以自持，他忘记了已越界，想起了1个月前的UFO坠落事件，妻儿成了太空实验事故的殉葬品。现在他明白了为什么顾客要求植入M国官方语言。此时，韦恩打开了手机，听到了总裁的声音：“韦恩，你越界了！”

“是的。我明白了真相，了解了一个极大的阴谋！”

“这用不着我们操心！你太累了，立即返回吧！”

“不，海伦、苏茜是他们谋害的。”

“你想干什么？”

“我要把这些记忆除掉，他会想不起所有事情。”

“你不能为了妻儿的事，删除客户的脑存。我们的顾客得到总统授权。”

“我现在身处他的脑界，主宰他的一举一动、一言一语。”

“这不符合我们的职业道德！你也可能成功，但现在只剩15分钟了。”

“为了她们，我不会犹豫！”说罢，韦恩关闭手机，抹干眼泪，提起生物激光枪，调到洗脑频率，对准记忆区沟回扫过去。很快，沟回被夷为平地，无法具备记忆存储功能。

颅顶上亮光越来越炫目，远方霹雳声越来越厉害，韦恩的手越来越快，一束束生物电击穿长空，没过大地。韦恩疲惫地站起，抛下生物激光枪。一个闪电将他吞没。

《科幻世界》，1997年第1期，施鹤群改编

侠客之行

周宇坤

将军已做出决定，不惜代价阻止艾玛人登陆布鲁斯塔。萧若秋说让第二舰队突袭，只是兵力太弱。将军说派一个人给他。那人铁塔般的身影使萧若秋不由倒抽一口冷气。

在战斗分析厅，将军在讲解战局。布鲁斯塔星战已持续2年，地球和艾玛星都想在布鲁斯塔建立基地，消灭对手，取得胜利。明天，艾玛人行星飞船在300部“机甲神”保护下，向布鲁斯塔挺进，星战联盟将用“太空侠客”回击。

萧若秋心烦意乱，将军派来的人是奎斯。1个月前，奎斯身负重伤退出了战斗。恢复健康后，他要求加入第二舰队。萧若秋与奎斯

是在星球战争训练基地认识的，他们共同进行“太空侠客”融为一体的训练。人机合体在电神经帮助下，进行动作，启用武器。人机合体能使人随意控制机械体作战。训练在恶劣环境下进行，奎斯十分强悍，测试中表现顽强，3分20秒结束战斗，能量消耗90%。萧若秋也有自己的风格，利用飞行技巧，近距离作战，测试中虽然作战时间稍长，但能量剩余达35%。测试结束后，奎斯十分傲气，说有朝一日，他们会面对面较量。萧若秋至今清楚记得这情景。

萧若秋决定调整好自己与奎斯的关系，主动与奎斯打招呼，希望共同为人类而战。奎斯却说要为洗去自己的耻辱而战。出征前，萧若秋和伙伴们在放松精神，一位小伙子对100部“太空侠客”能否对付300部“机甲神”表示怀疑。萧若秋鼓励他说：力量与我们同在，相信自己吧！

第二舰队的“太空侠客”静栖在宇宙深处，第一舰队正和艾玛人在外层空间交手。按计划，第二舰队将在半小时后实施后续进攻。时间过了20分钟，奎斯要求出击，萧若秋说再等10分钟，但奎斯从舰队中疾射而去。这一突变情况，使萧若秋决定按A方案出击。由于奎斯已暴露了第二舰队方案，50多部“机甲神”向第二舰队猛扑过来，萧若秋只得撤销A方案，让队员各自为战。

情势逆转直下，第二舰队处于被动挨打状态，两部“太空侠客”被“机甲神”的飞弹击中。无数飞弹如飞蝗般追击“太空侠客”。经过一小时激战，战场死一般寂静，敌人已全军覆没，“太空侠客”们也葬身太空。萧若秋受了伤，奎斯虽然伤痕累累，却昂着头在冷笑。萧若秋指责奎斯打乱了部署，奎斯却说第二舰队不会拼杀。他们相互指责，说要在军事法庭上见面。

萧若秋看看周围，“太空侠客”都遭受了致命重创，“机甲神”也七零八落，探测不到生命信号。奎斯却发现一部残存的“机甲神”内有生命活着，那正是艾玛259。它曾打伤奎斯，给他带来耻辱的对手。奎斯拔出光子剑，向着259“机甲神”斩去。萧若秋用光子剑封住了他的剑，说进去看看。

俩人一起进入“机甲神”控制室。当奎斯打开舱门，却被一束激光射伤。萧若秋发现舱室内有一个艾玛男孩，身上有好几道伤。男孩身旁有一个死去的艾玛男子。男孩叫卢克亚，是他爸爸把他带到“机甲神”的。萧若秋的心灵受到强烈震撼：战争是多么残酷啊！

萧若秋答应孩子，送他回家。奎斯要杀那孩子，还讥笑萧若秋怯懦。萧若秋义愤填膺，出手拧住奎斯的手腕，使他不敢动弹。奎斯无可奈何，只得跨出“机甲神”的舱门。

萧若秋对“机甲神”作了检查，确信它能正常运作，便安顿好卢克亚，让他3小时后便会回到艾玛星。安顿完后，萧若秋回到自己的“太空侠客”上，却不见奎斯踪影，便启用探测器搜索，找到了奎斯。

奎斯要与萧若秋决一死战。萧若秋见到男孩的“机甲神”还未升起，便故意把话岔开，拖延时间。奎斯只有一次进攻的机会，他的“太空侠客”震动一下，一团火球向萧若秋猛扑过去。萧若秋想到身后的卢克亚，无法纵身而起，一枚光弹撞进他的左胸。

奎斯狂笑着。萧若秋使出全身力气，用尚存的伤臂，发出两枚光子矢，扎向奎斯的头颅。这时，男孩卢克亚的“机甲神”已升起，正奔向遥远的天际。萧若秋见了，脸上露出欣慰的微笑。

《科幻世界》，1997年第6期，方人改编

谁是亚当

周宇坤

凯茜要到离地球50光年的比邻星去考察。在这个世界上，凯茜唯一难舍难分的是亚当·斯图尔特。她怎能让心爱的人苦苦等她50光年呢。作为宇航员的凯茜可以享受休眠技术保护，50光年宇航衰老时间不会超过5年。可是，生活在地球上的亚当，别说50光年后，就是50年后也将步入老态龙钟的暮年。

亚当平静地送凯茜上路。尖厉的铃声响起来了，催宇航员登上飞船，凯茜心头一阵剧烈震撼。“走吧，放心地去飞吧！”亚当向她挥手话别。凯茜的眼睛已被泪水模糊，“亚当，我回来后无论如何都要作你的新娘。”

飞船由于小陨石的光顾致使动力舱受损，飞行时间被延长了 15光年。65光年后，在人们对它不抱多少希望时，飞船到底回来了。凯茜在飞船降临地面时，内心百感交集。离别时亚当25岁，现在他是什么样子？作为英雄，凯茜被人群簇拥着，一个花环戴在她的脖子上。她抬头一看，不由得浑身一震，在她面前站着亚当·斯图尔特！他怎么仍很年轻？

亚当告诉凯茜青春不老的秘密：在凯茜离开几年后，NASA出于人道考虑，允许宇航员亲属休眠。凯茜回来后，亚当测定的年龄是30岁，凯茜是28岁，正是婚嫁年龄。他们在街区教堂里举行了婚礼。婚后，凯茜尽最大努力适应社会生活，杰出的悟性和智慧，使她学会了驾车、烹饪。她真正感到了做妻子的快乐。凯茜决定找一份工作。一天，一家飞船仪表公司的招聘启事吸引了凯茜。她到这家公司去应聘。公司知道凯茜是从比邻星回来的宇航员，毫不犹豫地聘用了她。

凯茜沿着林荫大道走向停车场，路旁一条长凳上坐着一个人在看报。她无意一瞥，亚当的脸映进眼帘，“亚当！”凯茜脱口而出。那人是一个50开外的老人。他的脸和亚当一模一样。他见到凯茜像是吓了一跳。凯茜连忙上前道歉，一不小心撞倒一辆童车，童车上的一个孩子与亚当也长得一模一样。那孩子冲着老人叫“爷爷！”原来，他们是祖孙俩。老人见状，急于要带孩子离开，凯茜上前拦住他们想问个究竟，老人毫不客气地说：“我们不认识你，我们和亚当·斯图尔特没有任何关系。”这使凯茜更感到奇怪，老人怎么知道亚当的全名？凯茜决意要弄个明白，但是，老人、孩子已杳无踪影。

夜里，凯茜回到亚当身旁，把白天离奇的遭遇告诉了亚当。亚当听到老人叫得出自己的全名，不由愣住了，说道：“我父母早已过世，我孤身一人，他们和我一点关系也没有。”凯茜听了，心中并不平静。究竟谁是真的亚当呢？

第二天早上醒来，不见亚当踪影，凯茜决定再去找那老人和孩子。老人曾经坐过的长椅上空无一人，一家商店店主告诉她：老斯图尔特祖孙俩就住在他的楼上，今天早上有一个和他们相像的年轻人把他们叫走了，要她到一家咖啡馆去找找。

凯茜在街道拐角的一块草坪上，发现了那辆童车，又发现在一把遮阳伞下，亚当正和那人在讨论着什么。她悄悄地走过去，听到亚当在说：“我们该作最后的决定了，你们要永远离开这里，别再回来。要么结束你们的生命。”说罢，亚当掏出一个小药瓶，放到老人面前。凯茜见了冲上前去，把药瓶抓在手里。这时，他们才看见凯茜，不约而同地站了起来。

凯茜对亚当说：“你要干什么？想谋杀吗？”“凯茜，这是我们的规则！”亚当说着，对老人瞧瞧。老人一声长叹道：“我们无法

摆脱这个结局。”“我不懂你们在说什么，你们究竟是什么关系？谁是真正的亚当？”凯茜急匆匆地问着。

亚当娓娓地讲了起来：“亚当·斯图尔特得知你的飞船出了事故，不会按时返回，他做出选择，依靠‘克隆’技术在他40岁时复制了第一个化身——老斯图尔特。40年后他去世了，这个复制的斯

图尔特长到25岁，又复制了我。后来，我也如法炮制，25岁那年，我的拷贝也出现了。我们都是亚当‘克隆’出来的，我们将恪守亚当留下的使命：给予凯茜最多的爱。为完成他的嘱咐，我们不惜一切，没想到……”

这时，凯茜泪流满面，没想到她心爱的亚当已不复存在，没想到他会用这种方法成全她的爱。现在，她已知道了一切，默默地呼唤着亚当·斯图尔特。可是，这个名字变得越来越陌生，离她越来越远。“我想，还是回到宇宙去好。”凯茜终于做出了决定。

于是，凯茜又重新回到了宇航局。在新一轮宇航前，亚当、老斯图尔特、小斯图尔特都去送她。她朝发射台走去。这次，她要飞得更远，“不必等我！”她平静地向他们作最后致意。

《科幻世界》，1997年第10期，方人改编

悲哀的畅想

朱万有

金布尔来找我，说凌晨有人混进绝密室，破坏了解密电脑。录像中的那个人跟他一模一样，还通过了细胞DNA检查。局里正在抓他。他的助手卡尔通知他快跑。我听了金布尔诉说后没有吭声。金布尔是联邦安全局特工，正直勇敢，是我的好友，但他风流，会不会为了女人干出蠢事？我问道：“你有什么打算？”金布尔说：“这事情肯定与1H医院有关，我打算暗地对1H医院进行调查。”

金布尔就这样销声匿迹了。不久，新闻界把这事捅了出去，金布尔四面楚歌。一天，新闻报道说金布尔负案潜逃被击毙。我作为他的生前好友为他料理后事。他的女朋友芳子也来了。她给金布尔换上和服。我费尽心思得到了金布尔的一块皮瓣组织，对它进行了分离。

我约见了卡尔，要他帮我弄清真相。卡尔非常希望还金布尔一个清白，并答应帮助我。一天，门诊室里有一名黑人产妇剖腹产，生下一个雪白的小男孩儿。那产妇是帮人“借腹生子”，据说这是1H医院的杰作，产妇和婴儿不是母子。我请教了老同学尼克，他说，这是一个“借腹生子”的典型例子。他的导师杜里凡教授曾宣扬说，借腹生子有利于人体复制的实现。我打听杜里凡教授的去向，尼克说没有人知道他的下落。

我决定亲自到1H医院去。我用一张大面额钞票买通了门卫，进入了医院。在三楼楼梯口遇见一个大汉，我朝他猛击一拳，他倒在地上。我换上大汉装束，顺利地来到10楼，看到那里正在进行移植手术。我又到了15楼，那里是器官管理处，有“肝脏区”、“大脑区”、“心脏区”，容器里浸泡着各种人体器官。我在肝区A台上，发现有两个完整的22号肝脏一模一样，我采集了两份标本，飞快地躲了起来。我在尼克的实验室对两份标本的DNA结构进行鉴定，发现它们的结构完全一致。难道一个人有两个肝脏？为解开这个谜，我再次进入1H医院，结果被几个大汉围住，头部被猛击了一下。

待我醒来时，发现自己躺在沙发上，一个男人向我走来。他自我介绍说：“我叫杜里凡，是医院的主人。”他对我很了解，知道我找过他的学生尼克，知道我曾闯进他的医院。这回他不仅逮住了我，还把尼克也捉来了。

“你们拿走两份肝脏标本，对我的秘密已有了解，我早就说过，人类延续种族的方式应该是复制优秀的人。我找到了代替生殖的最佳方式，那就是复制：复制细胞、复制器官、复制人体。我发明了一种高效催化酶，把取下的人体细胞里的遗传细胞全部取出并激活，再将它们植入一枚去掉核的成熟细胞中，高效催化酶让受精卵分裂、发育、成熟。所有优秀的人都可以凭借体细胞复制出来。我全身都换成了年轻人的器官，所以我依然年轻。我的一切都是人类的。”

听了杜里凡教授的慷慨陈词，我不禁有些感动，尽管他的观点、做法有些偏激。杜里凡继续说道：“我只想平静地工作，把我的一切成果献给人类，可是安全局不允许我存在。我不能容忍安全局的卧底，于是，我快速复制了金布尔。”

我不解地问：“你们怎么弄到金布尔的细胞标本？”杜凡里说：“金布尔曾借口作胃镜检查来医院暗中调查，我们取得了他的体细胞，复制了金布尔。金布尔的复制品进入了安全局绝密室，他现在还在为我工作。”

一会儿，金布尔“复制品”就站在我面前。我没理他。尼克冷冷地问道：“教授，一切谜底都已揭开，你打算怎么处置我们？”一阵沉默后，杜里凡说：“为了人类的未来，为了保守这个秘密，你们不得不献出生命。但我会重新复制两位，不让你们的家人受到精神折磨。”这时，沉默不语的金布尔“复制品”掏出手枪，对准杜里凡，卡尔也带了一大群人冲了进来。

杜里凡铁着青脸道：“金布尔，我是你的创造者，你应该服从命令。”

“不，教授，我是联邦安全局特侦处处长。”

原来，杜里凡派出的金布尔复制品，被金布尔识破，并被卡尔干掉了。他们还通过新闻界大肆张扬，使杜里凡以为金布尔本人已死去。这样，金布尔本人被杜里凡当作是金布尔的复制品，留在自己身边。金布尔用行动证明了自己是清白的。

杜里凡被戴上了手铐。临走前他对我道：“我恳求能够把我的学术成果保存下来，人类会用得着。”杜里凡被带走了，尼克说：“杜里凡教授的要求可以考虑。”金布尔也说：“我会满足杜里凡

教授的愿望。”我却斩钉截铁地说：“要把他的成果全部销毁，一点儿也不能留。这些成果一旦落入别有用心的人手里，人类社会赖以生存的人伦道德将不复存在。”

后记：某日，存有杜里凡档案的档案室因自然事故，所有资料被毁；杜里凡在狱中自杀身亡；尼克组织了世界学术会议，对遗传学发展制定了一系列内部公约；金布尔处长得到了晋升。我和金布尔一起到杜里凡的墓地为他献上一束花。

《科幻世界》，1997年第9期，方人改编

永恒的爱

庄　琨

妈妈得了怪病，在病床上昏迷了两天。护士小刘给妈妈输液。小刘是我的好朋友，她告诉我：零星上有一种零兰花，可治妈妈的怪病。我是国际宇航中心的高才生，知道零星上有一种极不稳定的辐射线，辐射时间极短，能量很大，究竟是什么原因还是个谜。为了给妈妈治病，我决定去一趟零星。

第二天一早，我做好出发准备，并叮嘱小刘，要是我回不来，帮我照顾好妈妈。我坐进飞船，顺利地到达目的地。那里一片漆黑，我打开探照灯。忽然，发现在探照灯光上方有一点红光，那正是我要找的零兰花。我急步走到零兰花前，仔细观察一株未开的零兰花，墨绿色的茎和蓝紫色的叶，泛出幽幽蓝光，花蕾呈曙红色，美丽极了。

我轻轻地伸手去摘零兰花。当手拿着零兰花的瞬间，花瓣舒展开了，光芒四射，美艳无比，而我浑身酸疼，生理机能紊乱。原来零兰花开放时，从红色花蕊中发出放射线，巨大的辐射线穿透我的

宇宙服。

我意识到生命快要结束了，便拿着已没有辐射线的零兰花走向飞船，用生命的最后时刻，把零星上的辐射线之谜输入电脑。我用发抖的手按下飞船上的自动飞行按钮，目送飞船远去。我拼尽全身力气喊道："我永远爱你，我的妈妈！"

《科幻世界》，1997年第3期，施鹤群改编

情归何处

党滨滨

公元2075年的月球太空城。伊莎和杰克在街上遛着。伊莎叹了口气说："杰克，我越来越无法忍受这单调乏味的生活了。"

早在2025年，人类就开始向月球移民。经过第一代移民艰苦卓绝的奋斗，月球城已拥有一个舒适的生活空间：空气永远清洁，温度和湿度永远恰到好处，所生产的菜蔬、水果、鸡、鸭、鱼、肉比地球上更美味可口。至于娱乐设施，自然应有尽有。而近几十年日趋完善的虚拟现实技术更使得月球人可以方便地领略如置身地球的美妙感受。享受舒适的现实生活，在虚拟现实中消愁解闷，这是月球人普遍的生活模式。

但是伊莎和杰克好像属于局外人，无法真正投入这样的生活。他们最喜欢体验的是地球上迷人的自然风光，而不喜欢虚拟的现实。他们渴望有一天到地球亲眼看一看。

半年后，新婚燕尔的伊莎和杰克登上了去地球的航班，他们是自费去地球旅游的。到了地球，他们看见了蓝天、白云、大海、沙滩，兴奋极了。伊莎拉着杰克的手说："咱们一定要留在爷爷奶奶生活过的这片土地上，再也不回月球了。"留下来最方便的途径是

申请移民，但他们到处遭拒绝。原来，月球于2047年宣布独立，这下得罪了地球，许多国家宣布不接受来自月球的移民。

终于，他们来到了这次旅行的最后一站——中国。游完长城后，杰克和伊莎在房中看电视，好几个电视台都在播送一条重要新闻："……经过科学界多年的深思熟虑和反复论证，国家决心启动塔克拉玛干改造工程，变沙漠为良田。"杰克对伊莎说："我们的机会到了。"

第二天，伊莎和杰克去报到，强烈要求参加塔克拉玛干改造工程。两名月球籍青年决心为沙漠改造事业奉献的消息一经传出便引起巨大反响。他俩成了新闻人物。伊莎学的是建筑学，杰克学的是生物学，在改造沙漠的前期还用不上。鉴于此，中国有关部门决定，同意俩人在中国留学，从事和塔克拉玛干工程有关的研究，毕业后再留在塔克拉玛干工作。

伊莎和杰克高兴之极，很快返回月球，办妥了退出月球籍的手续。他们望着苍穹中的蔚蓝地球，在塔克拉玛干上空强光的照耀下，中国的长城和京杭运河更清晰了。而伊莎和杰克的心，早飞到塔克拉玛干——那块他们将为之终生奋斗的美丽土地。

《科幻世界》，1998年第10期，庄秀福改编

太空战士

杜　渐

飞往月球的太空船中突然响起了警报声，船舱里的人一片混乱，但是有俩人却显得若无其事。他们是孪生兄弟。哥哥叫骆英，弟弟叫骆雄。

广播里传来船长的声音："各位乘客，请不要惊慌，在我们的船里有一名偷渡者，现在我们停在空中等警长来搜查。"

兄弟俩来到船舱的一头，发现房间里有一位衣不称身的女船员。"别怕，我叫李星。你们……"

"我们去月球，跟父母团聚。我们的爸爸是外星生物研究中心的负责人。"

"啊！你们的父亲肯定是骆德清博士。我爸爸和你们的爸爸是好朋友。我爸爸叫李振明，半年前在太空探险后失踪了。我要寻找

爸爸，可是太空总署禁止我离开地球，所以我从火箭发射口爬进来，成了偷渡者。抓我的警察叫郭拓，是个铁面无私的人，不过是个好人。”李星说着拿出父亲失踪前一天给她的电报。电报上写着：“星，搜集一切有关‘433’的传说及资料，以备查阅。爸。”

骆英和骆雄在月球上见到了来接他们的父母亲。在回家路上，他们把太空船上的经过告诉了父母。突然，骆雄指着一幢灰蒙蒙的建筑物问道：“那是什么？”

骆德清说："那是废弃的破旧太空船，那地方是太空坟场。"

就在他们交谈时，骆英看见一个穿太空衣的人，驾驶一辆像摩托车的小车驶向太空坟场。骆雄说："会是李星吗？"

回到家不久，郭警长打来了电视电话，他要兄弟俩转告李星，李振明的太空船已经找到，现在准备派拖船去拖回来。

骆雄和骆英在太空坟场里找到了李星，告诉她已找到了她爸爸的太空船。李星十分高兴，立即和郭警长一起乘快艇型飞艇前去。太空船是找到了，但是里面没有她爸爸的身影。李星感到灰心。郭警长告诉她："你爸爸有可能被别的太空人救了，我们到火星去寻找吧。"

在火星上，郭警长去探索总部研究搜索李振明的方案，留下他们三人原地待命。

"我们在这里等，还不如去找我爸爸的师傅杜老怪。"李星建议道。

在下水道的一个房间里，他们见到了杜老怪。李星自我介绍说："我是李振明的女儿。你是他师傅，肯定知道我爸爸的行踪。"

"让我想想。记得有一次，你爸爸问我宇宙中最古怪的是什么？我告诉他是'433'小行星。"杜老怪说。

"'433'，我爸爸给我的最后一封电报里也提到过。"

"那你们去'433'寻找吧。"

他们驾驶着"探索号"，打开仪器对"433"小行星进行检测，发现星体上没有金属物体，没有生命的迹象。当飞船降落后，金属探测仪却突然发出了警告，他们沿着探测仪指的方向寻找，发现了一只工具箱。"那是我爸爸的工具箱。"李星叫了起来。

他们在李星爸爸的工具箱附近分头寻找。"喂，我在这里发现一块奇怪的黑色三角形石头，你们快来看。"骆英招呼同伴们。骆英用力按了那黑色的三角形石头一下。他感到地在动，岩石开始转动，一个筒状的金属体慢慢升起，升到3米左右时停止了，三人惊讶地看着这筒状的金属体。骆雄发现筒状的金属体上有一个黑三角记号。李星按一下黑三角记号，只见那筒状的金属体渐渐露出一个电梯似的空间。他们站在电梯似的空间里，不知不觉到了小行星里面的另一个世界。这里有草原、有动物，还有笛声。“嗖”一枝利箭从李星的头上飞过，牢牢地钉在身后的树上，一位金色皮肤的外星人竟用人类的语言说：“黑头发！”摸摸自己的头发说：“金头发！”

李星说：“你怎么会讲我们的话？你叫什么名字？”

“阿嘉！”

“我叫李星。”

“李星、阿嘉是朋友。”

李星问：“阿嘉，你会讲我们的话，是谁教你的？”

“是黑头发伯伯。”

“那黑头发伯伯现在在哪里？”

“因为他掘地要看树根怎样造天食，我们村的坏蛋阿奴古就把他扔进黑洞，再也没回来过。”

他们来到取天食的地方，只见几条管子里不时地滚出天食。骆英扒开泥土顺着两根管子查看，原来一根向树送养料，一根提出树液合成食物。李星的爸爸原来是要研究这合成食物的方法，犯了村里的禁忌才被扔下黑洞。

同时，他们的行动也触犯了村里的禁忌，于是也被扔下了黑洞。在黑洞中，他们见到了被抛入黑洞里的其他人，但是没有李星的爸爸。后来才了解到，李星的爸爸已经走了。骆英看到墙壁上有一个黑三角记号，当他按了按黑三角记号后，墙面露出了升降机。他们和阿嘉一起从升降机逃出了黑洞。升降机把他们送到了原来登陆的地方。

“我们把这里的情况向郭叔叔汇报，让他们来‘433’行星找爸爸。”

他们赶到阿嘉的家时，李星看到她的爸爸已昏倒在地。外面阿奴古率领村民手拿长矛，口里喊着“杀死黑发鬼”。经抢救李振明醒了，李星要出去对付阿奴古，爸爸说：“不要伤害任何人，我们要与外星人交朋友……”不等爸爸说完，李星拿起击晕枪冲出房门。

经过和阿奴古的一阵激战，激光击中了阿奴古。村民们见状纷纷逃回家去，只有阿奴古要在地上躺三四个小时才能醒过来。

这时郭拓赶到了，李振明向他说：“‘433’其实是一艘太空船，它原来是一块30千米长、9000米宽的巨大岩石，经过不知多少年的努力，外星人将岩石挖空安装机器。它沿着力场的磁线，或沿着光线，至少是以光速飞行的，所以，体积虽巨大但飞行不成问题。”

由于骆英、骆雄和李星在太空的表现，被太空探索总部吸收为太空探险队队员。

骆英、骆雄和李星三人组成了新的太空探险队。骆雄驾驶着新式太空船巡逻在太空中。突然，他发现空中一团奇异的光球在膨胀。瞬间光球消失，有一艘飞船爆炸，骆雄本能地朝失事地点飞去。

当骆英他们飞近失事的飞船时，看到从失事的飞船里滑下一艘救生艇，向深太空飞去。李星向总部汇报了这里发生的情况，要总部跟踪逃走的救生艇，他们去失事的飞船上查看。

失事的太空船上不时有人的说话声，他们找遍整个船舱却找不到一个人，只找到一些小型拖拉机和金属鸟笼。他们只好把失事的飞船拖回了火星。

他们带着小型拖拉机来到火星太空大学请教艾赛漠教授。艾教授沉思了一会儿后说："从这微型拖拉机来看，外星生物只有30厘米长。"

他们又去失事的太空船上寻找，结果还是没有找到。李星说："我们一上船他们就躲起来，我们先故意搜查一下后假装出去，等他们出来再抓。"李星的方法真灵，他们"刚走"，一只金毛和一只银毛——只有30厘米高的小人就从金属缝中走出来。小人被抓住了。李星把水和食物放在地上给外星人吃。待他们吃好后，小金毛指指自己说："格列戈。"指着小银毛说："封娜。"李星也向他们介绍了每个人的姓名，只说一遍外星人就全部记住了。

李星他们把两个小人带到基地，对他们进行身体检查后，没有发现致命的病毒，但是他们吸的空气与我们的不同，如不回到他们的星球去，一个月后就要死亡。现在主要的办法是搞清楚他们来自何方？

通过语言电脑把两个星球的语言输入各自的脑中，于是能够互相交流了。小银毛封娜说："我们来自水星。有一天，我们救了一位在太空船中被烧伤的人，那人回去前说一定回来报答我们。果然他又回来了，说我们这里太危险，要我们转移。我们那里的确十分危险，但是我们不肯离开家乡。他们就把我们关在笼子里装上飞船。在飞船上格列戈和我逃了出来，在准备救同伴时飞船爆炸了。"

李星他们决定把格列戈和封娜送回水星。当飞船到达水星时，水星上一片大火。骆英刚下飞船，一枝利箭从他眼前飞过直插入身边的树上。"海拉，别乱来，他们是朋友。"原来射箭的是封娜的哥哥。听完海拉的叙述，骆英才知道原来这里遭到一伙走私者的攻击，他们要捉水星人去地球。李星他们和水星人一起奋力战斗，终于把走私者抓获。

这时，郭拓等人把从救生艇中救出来的28名水星人送到了水星，虽然28名水星人衰弱无力，但是他们呼吸到水星的空气后精神大振。

“郭叔叔，你们回去吧！我们留下来帮助他们重建家园，过一段时间在火星上见。”李星说道。

《太空战士》，科学普及出版社，1998年7月，高毅敏改编

缩形实验

杜　渐

人类进入22世纪，世界联合政府由绿党执政。当局禁止探索太空，认为太空探索是浪费地球宝贵资源的行为，并配套出台了严厉的高压措施，来对付科学家任何探索太空的行动甚至言论。于是，环境污染、气候反常、臭氧层空洞、粮食减产、人口不断增加……使世界陷入了窘境。金钱过去是万能的，可现在金钱并不一定能买到粮食，一种世界通用的粮票代替了金钱的地位，一切都以粮票为标准作为劳动力的报酬。黄金已经成了一种不太有用的金属，再也不能左右世界的金融。工业国变成了穷国，农业国变成了富国，但是粮食却在不断减产。世界各地，饥民抢夺粮食的事件屡屡发生。

因提出利用改造基因增产理论而获得过诺贝尔奖的哈佛大学生物系教授高尔，赴日内瓦参加一个有关粮食问题的重要会议。会上，他照例提出要解除探索太空的禁令，以便使人类得到更多空间的提案，但仍没能通过。同时他发现，许多科学家朋友都没有出席这个本该出席的会议。保安部长告诉他，许多科学家都莫名其妙地“失踪”了。会议期间，他的一个中国朋友潘道安博士，专门派了女儿潘薇到瑞士，告诉他一个信息：潘博士等一批科学家是“自动失踪”的——背着当局在东方进行一个极为秘密的科学实验，并真

诚邀请他前往参加。就在高尔与潘薇决定动身时发现，他们早已被世界联合政府的粮食局官员，实际上是保安部成员的道克等密探跟踪，无法自由行动。

无奈中，高尔只得在道克的“护送”下回到学校。经过一番周折，他借用了一位面貌相似的朋友的护照，搭飞机到了亚洲亚热带地区的某个城市，并与潘薇取得了联系。第二天，他与潘薇驱车前往十分秘密的实验地，发现有车跟踪，而且跟踪人还是那个道克。道克向他们解释，此次不是奉保安部的命令，而纯属是为了满足个人兴趣，想了解科学家“失踪”之谜。高尔和潘薇相信了他的话，带他一起前往实验地。

在实验地，高尔遇到了电子学权威潘道安、植物学家鲁正之等一批久违的科学界朋友。潘道安等讲述了已经获得初步成功的惊人的实验内容：由于联合政府禁止发展空间技术，地球资源即将枯竭。在不得已的情况下，他们用另一个方式来考虑扩大人类生存空间。即设法把人体缩形，1米多高的人，缩小到3厘米高，从而相当于把地球扩大了50~60倍。一个正常的人，一顿饭吃两碗，少说也要几千粒米，而一个只有3厘米高的人，一粒米就像一个面包，吃两粒就够了。这样，世界性的粮食危机问题就迎刃而解了。

参加这个计划的共有56名科学家，经过集思广益，通力合作，解决了一个又一个的难题，实验终于获得成功，完成了人体的缩形。他们当中一部分人管理实验设施，另一部分人已被缩成3厘米高，过着另一种生活。由于两种形态差异实在太大，会造成彼此的心理压力，所以不能直接见面，而是通过可视电话联系。同时，缩小了的人在封闭的后花园生活，严格禁止任何人进入，因为一不小心，就会踩死缩形人。缩形人如果要还原，可以通过还原机器，再过正常人的生活。

为了体验实验结果，鲁正之带领高尔、潘薇和道克一起进入了缩形机器。机器的门关上后，灯光渐渐幽暗，1个小时以后，灯光再亮起，他们发现已身处在一个巨大的空间里，原来脚边的一扇小门，已经变成一扇大门。他们走进另一个房间，穿上了用丝和橡胶特别编织的红黄黑三色紧身衣。其中红色是为了容易辨认对方，黄黑色是为了便于在户外活动。衣服肩上还有太阳电池板，用来发热保暖。为了在户外活动安全，每人还配备武器，除了钛合金制造的砍刀和会发高压电的棍棒外，还有手枪和步枪。两种枪的口径一样，可发射3种子弹，即铁弹、塑料弹和水银弹。铁弹可射穿昆虫的身体；塑料弹比铁弹还坚硬，可射穿甲虫的甲壳；水银弹射进动物体内，会发生爆炸，将敌人炸碎。

被缩小了的科学家都有各自的工作，他们共分5个部门。其中生活部是管起居饮食的，负责对每一种新食物化验，保证大家不中毒；医疗部就是医院；武器部负责制造合适的武器；建筑部负责所有的基本建设；探索部专管户外探险。

高尔一行参加了在后花园的探险，看到了一个陌生的世界:平日踩在脚下的小草，变成了高耸入云的植物；平时就令人讨厌的蟑螂，如今要比人体大了两倍；一条小水沟，简直变成了大江大河……

在几天的历险过程中，他们经过了一个又一个生与死的考验：天空飞的燕子、地上爬的蜥蜴、结网的蜘蛛……都把这些缩形人当作自己的美餐；成群结队的蚂蚁，偷袭了探险队途中休息的安全站，抢走了全部食物；毒蝎还杀死了一名探险队员。更可怕的是，一名叫冈田的队员，实际上是铁杆的绿党分子，他混进来是为了破坏这个实验。在活生生的事实前，道克终于认识到他过去追随绿党迫害科学家是不对的，他得到了科学家们的谅解与信任。

在探险过程中，科学家们认识到人类不能破坏地球环境。一位科学家说：“是大地母亲把我们养大，而我们却一点也不珍惜，砍伐森林、钻探开矿、污染水源……把地球糟蹋得不成样子了。到今天，地球已快被我们人类挤榨净尽……”

就在高尔在后花园探险的同时，一个名叫卡里奥的邪教狂人发动政变，疯狂地纠集暴徒攻击全世界的学校、科学院和图书馆，烧毁数不清的图书，杀害科学家，一心要把人类引回原始社会。

为了阻止狂人毁灭世界的行为，高尔等结束了缩形实验，通过还原机器回到原来大小，冒着生命危险陪同潘薇找到了掌握军队的郭汝基将军，并说服郭将军出动部队铲除卡里奥。经过10个小时的筹备，郭将军通电起义，出兵消灭了卡里奥。

在探索太空禁令解除1年之后，道克、潘薇参加了移民外星的队伍，几万名地球人被缩形后同时分别乘上了两艘巨形太空船，飞往浩渺的太空。而高尔仍留在地球上继续他的基因再造粮食增产计划。

《缩形实验》，科学普及出版社，1998年7月，沈定改编

未来悲剧

杜　江

在医院看刚刚出世的儿子时，呼机响了，我赶回警局，陈局长对我说，库巴越狱逃了，很可能到了本市，要迅速抓获他。为协助破案，国际刑警组织派来了亨利警司，就是站在陈局长旁边的那个“老外”。

库巴是有名的恐怖分子。10年前，是我把他抓住，关进了世界上最牢不可破的邦加岛监狱。怎么让这坏蛋逃出来了呢？

我立即成立了一个特别行动组，方剑任组长，并安置了各种仪器，进行严密监视。然而，结果令人失望，几天来，没查到什么可疑的人。

我想，这方法恐怕不行，便命令撤掉仪器。对此，亨利表示不以为然。我叫方剑把库巴的影像资料从资料库中取出来，让警员熟记。然而方剑马上就回来了，说库巴的资料已被人消除。

我十分震惊，库巴又跑到我前边去了。我忽然想起，我与国际刑警查理警司合作时，他曾提到国际刑警总部保留着库巴的影像资料。我悄悄地给查理打电话，请求他全力支持。很快，我收到了查

理寄来的邮包。光盘里记录了库巴的许多影像，我看着库巴的眼神和动作，觉得最近好像在什么地方见过。

这时，局长通知让我休假。原来，由于我没能尽早抓捕库巴，各方面的压力都很大，局长只能这样做了。我来到办公室整理东西，亨利来了，他露出幸灾乐祸之色。我突然猛喝一声：“200！”——200是库巴在邦加岛监狱的编号。亨利马上答：“到。”当他意识到错误时，为时已晚。

库巴拔腿就逃，我和方剑猛追。到了楼顶，库巴已无路可逃，我让他就范。他冷冷一笑：“20年后我又是一条好汉！”说罢，纵身跳下了20层高的大厦。警局对库巴进行了尸检，他的人皮面具做得非常合体，难怪他能逃出监狱。库巴的尸体被送到国际刑警总部。

7天后，陈局长陪同查理来找我。查理说：“总部科技部搞了一种记忆再现的仪器，用库巴的尸体做了一次实验，结果很成功。从中我们得知，库巴用一种催眠波发生器，使守卫全都入睡。他又俟机杀了亨利，乔装成亨利逃出了邦加岛，再到本市找你复仇。”

查理又拿出一张光盘。我把它放入电脑，屏幕上出现了库巴，他来到产科医院，用一个机器对着一个婴儿照了一会儿。查理说，那婴儿是我的儿子，库巴用催眠波发生器可以复制大脑，换句话说，库巴把他的思维、知识和性格复制给了我的儿子。这就是说，这婴儿已成为一个拥有我儿子身体的库巴。

“20年后我又是一条好汉！”库巴临死前的一句话又在我耳边响起，我现在才明白了这句话的意思。我问：“现在我该怎么办？”查理说，他要把我儿子带到总部，看看能否除掉库巴的记忆。没有更好的办法，我只能照办。

《科幻世界》，1998年第7期，庄秀福改编

古洞奇遇

范学明

狄克船长和史莱德博士奉国际宇宙总部之命，带着五六个随行人员，驾驶一艘宇宙飞船前往银河系的X星球进行科学考察。到了X星球，他们走出船舱时，被眼前的景象惊呆了。只见X星表面死气沉沉，到处是尘土、岩石，没有水和绿色，人类根本无法生存。突然，一个队员大声喊道："前面有个山洞！"

他们急忙来到山洞前，有两扇厚门将洞堵住了。史莱德博士说："这个星球一定有生物活动过，这门是最好的见证。"大家用了各种方法，甚至用了最先进的激光万能器，石门仍纹丝不动。

这时，狄克船长突发奇想，他双手合十，默默祈祷，然后对着石门喊道："开门吧！"话音刚落，石门就开了。

石门开处，大家的眼睛不禁为之一亮，只见地上堆满了金银珠宝、玛瑙玉器。一个队员跑上去，抓起一把珍珠塞进口袋，狂喊："我发财了！"他话刚说完，就见从洞壁射来几束强光，那队员惨叫一声便倒在地上。这时，从洞里传来声音："人类的朋友，钱财乃身外之物，贪图钱财绝无好下场。千万要记住啊！"大家环顾四周，却不见说话之人。

史莱德博士说："朋友，你们在哪里？我们来此是进行科学考察的，刚才不过是一个小小的误会。""我们已从这个星球上永远消失了，只是声音保存了下来。既然你们是来考察的，那我们就把这个星球的一切都告诉你们。请继续前行。"

大家继续往里走，只见在一个个像玻璃罩似的大容器里，有一个个绿色的生命体，就像地球上的树木。洞内巨大的夜明珠把山洞

照亮。不一会儿，那声音又传来了："人类的朋友，我们的星球曾经有充足的阳光，蔚蓝的天空……经过几千年的进化，在1亿年前进入高度文明的社会。但是某些野心家企图称霸星球，结果爆发了大规模的战争，使用了最先进的武器。我们为避难，躲进了这个山洞，从此再没走出去。下面请看这个星球的录像资料。"

接着，洞壁上出现了一幅幅画面，介绍了在这星球上发生的一切，其中有许多地球上没有的动植物和尖端的高科技产品。看完录像资料，大家感叹不已。

这时，那声音又响了起来："科技能造福于人类，又能给人类带来灾难，请珍惜你们的生存空间！"大家听完，怀着沉重的心情走出山洞。当他们登上飞船时，就听见“轰隆”一声巨响，那山洞爆炸了，火光冲天……

《聪明泉》，1998年第4期，庄秀福改编

狩猎行动

傅志群

著名实业家尤加里将在火星建一个“医疗康复中心”，为大量移民的健康带来福祉。《地球日报》的主编要我赶到火星去采访。

我搭乘“祖冲之号”飞船向火星飞去。一个叫爱克福的人主动和我套近乎，说他是火星上宇宙娱乐公司的总裁，欢迎我到他的公司做客。自从2010年人类在火星登陆以来，经过百多年的努力，火星已适合人类居住，联合国有计划地组织各国移民到火星定居。

我到火星后，爱克福邀请我到他的公司去玩儿。在那里，我看到一个狩猎场，人们可以在那里猎杀一种由三维立体投影技术形成的模拟动物。

出了公司，我坐上一辆公交车。出乎意料地，我在车上看到了我的未婚夫麦克欣，他是联合星际秩序署的官员，没听说他要到火星上来呀！我和他打招呼，但他像不认识我似的。这时，有两个男人来抓麦克欣，他跳车逃走了。

我感到这事十分奇怪，便来到警局，请求帮助寻找麦克欣。走出警局时，天很冷，考尔警官把他的风衣披在我身上。我走到马路上，正好又遇到爱克福，他说用车送我，没想到，他把我绑架到了一个地下大厅里。麦克欣也被绑在那里。看来，因为我认识麦克欣，所以才有此灾祸。

爱克福等人走后，我对麦克欣讲，我是他的未婚妻，但他怎么

也弄不懂。他说，他上一个月才从一个大玻璃罐中出来。这下我明白了，他是个克隆人，是麦克欣的复制品。但爱克福这样做的目的是什么呢?

我正在沉思，忽然听到有一个声音，原来是考尔警官。他的风衣领子里有微型收话发话装置。我马上告诉他，我被爱克福绑架了，速来解救。

过了一会儿，爱克福回来了。我问他，为什么要复制麦克欣?爱克福说，麦克欣掌握了不少不利于他公司的机密，所以要复制他。待条件成熟时，用复制人代替真正的麦克欣。但这个麦克欣不听话，还要逃跑，所以要处理掉他，将他投入狩猎场。他的狩猎场分3个层次：一是猎杀模拟的野生动物；二是猎杀真正的野生动物；三是猎杀复制人。

正在这时，尤加里进来了。原来，尤加里才是这公司真正的老板。我质问他为什么要这样做，他说："富人们已不满足猎杀动物，他们为了寻求更大的刺激，需要猎杀人。你不知道，我们的生意有多好！"我问："你们肯定要杀死我吗？""不，你将获得永生。我们已提取了你的体细胞，可以复制出很多个你来。"

正当我感到绝望时，警察冲了进来。他们是循着考尔警官衣领中的微型收话发话装置的声音找来的。尤加里一伙人终于得到了应有的下场。

《科幻世界》，1998年第6期，庄秀福改编

特殊使命

高连奎

石头是个聪明勇敢的学生。在一次见义勇为行动中，他奋不顾身地与歹徒搏斗，因而获得了市长颁发的奖牌。

石头捧着奖牌刚到家，家里就来了客人，是安全局的赵少校。赵少校介绍，市科研所的诸葛博士研究出一种亚迷声波，当它施放时，周围1000米之内的人和动物都会在3秒钟之内处于痴迷状态，失去视觉和听觉。有一伙歹徒知道了这项发明，想利用它去抢劫银行。他们绑架了博士的孙女文文，把她关在桃花古堡里，要博士拿亚迷声波资料去换文文。桃花古堡是歹徒的老巢，戒备森严，如果强攻恐伤害文文。诸葛博士刚研制出一种缩身粉，安全局准备用这种粉末将人缩小，潜入古堡，救出文文。但这粉末只能把人缩小50倍，对大人不适用，所以请石头帮忙。石头听说让他去救人，十分乐意。

石头随赵少校到了科研所。诸葛博士拿出一种黄色粉末，说只要撒上一点点，人立即就缩小，可把石头缩得只有大拇指那么大。赵少校说："我们准备把你放到瓶里，顺水从东面漂进古堡，救出文文后从西面漂出来。"

石头问："那我怎么变回来呢？"博士笑了："只要你一沾水就会变回来了。"

进入古堡后，石头从瓶中出来，往自己身上洒了点水，恢复原貌，他从河中捞出瓶子，藏到一棵树后，然后又撒上缩身粉，缩小身体，悄悄潜进房间。他看到文文被绑在一把椅子上，便爬到文文身边，告诉她现在是来救她来了，让她别出声。石头向文文身上撒了缩身粉，文文立刻变小，两人钻入瓶中。

漂着漂着，瓶子突然飞了起来，石头以为落到了歹徒手里，惊叫起来。“石头，文文，你们别怕，我是爷爷。”原来瓶子是被博士捞了起来，博士往他们身上洒了一点水，两人立即变成原来的样子。

这时候，石头的父母也来了。赵少校正在旁边的树林里指挥围歼桃花古堡里的歹徒。

《聪明泉》，1998年第5期，庄秀福改编

风之子

高薇嘉

23岁那年，有一天傍晚，我坐在海边，风很大。突然，我看到海里有什么东西在移动。速度很快，不一会儿就到了岸边。原来是个人。他昏倒了。

没有办法，我把他弄回家中。他醒来后，我见他的左眼是蓝色的、右眼是黑色的，这叫“金眼妖瞳”。我问他是什么人，是不是外星人，他说，他来自未来时代，是用时间机器进入现代的。我问他到现代来干什么？他说：“是想找一个人，他是我的祖先，曾写过一些东西，对未来进行预言，很有思想，我想见见他。”

我问他叫什么，他说未来人没有名字。于是我叫他“风”。风不愧是未来人，极为聪明，帮助我在事业上获得不少成功。我俩在一起生活了一段时间，相互爱上了。

有一天，美国著名歌星迈克尔发来电子邮件，请我去北京。我为迈克尔写过动画片脚本，所以跟他认识。风要求跟我一起去北京，我答应了。

到北京后，我们与迈克尔见了面，风很快和迈克尔成了好朋友。那天，风到迈克尔的住处去玩，下午风回来了。他对我说：

“我曾对你说过我要找一个人，现在证实了这个人就是你。我在迈克尔那儿看到一篇小说，他说是你写的。”我想起来了，我是有一篇小说放在迈克尔那里。

风接着说：“我来自2000年后的未来，是最后一个地球人。由于机器人的统治，大部分书都被毁了，你的小说就成为研究历史的重要依据——你的小说没有发表，寄放在迈克尔处，所以幸存下来。未来的生态环境很恶劣，到我的时代，人类还没有离开地球，人数锐减，大概只有1万人了。虽然科技很先进，但我们还是没能免去灭顶之灾，是火山爆发毁掉了我们。当时，我们正在试验时间机器，我在机器里检查设备，火山提前爆发。其他人知道逃不了，就按下发射按钮，只有我一人逃了出来。”

“那么，你准备怎么办呢？”我问。风说：“我是最后一个地球人，我不想人类就这么灭亡。你的小说不是写了有人回到过去吗？”“但是不能改变历史。未来已经发生的事情绝不能改变，否则时间会毁灭。”我说。

风静静地争辩：“可是未来没有发生的事情并不意味着未来的未来不会发生。我不能改变未来人类的灭亡，但是人类灭亡几千年后，地球上是否还可能有新的人类出现？我的设想是，找几个人，让他们沉睡5000年，成为人类另外的亚当和夏娃。”

我说：“你的想法不是不可能，但休眠5000年，这行吗？”风说：“是很难，但并不是不可能。在现在的环境中，我的寿命能超过1000年，可以做很多事情，或许还会造出时间机器。”

“那你还不赶快行动？跟着我干什么？”我说。风说：“我搭迈克尔的专机去美国……我想请你一起去，做我的夏娃，一起创造人类的未来。”

但是，我没有答应他。

《科幻世界》，1998年第10期，庄秀福改编

蝇　眼

顾安娜

“帕克，快醒醒。”一个非常温柔的声音在呼唤我。我睁开眼睛，一道光线透过来，从我的眼睛里看到，一样东西突然变成了无数样，一会儿，我就适应眼睛里看到的东西了。

“帕克，快走吧，我们要来不及了。”那声音又响起。我一看，那甜美的声音不是来自什么美女，而是来自一只雌蝇。我掉头想离开，忽然看到眼前的一面镜子里映出两只苍蝇，其中的一只是那雌蝇，而另一只竟是我。我居然是一只雄蝇！

我怎么变成一只苍蝇了呢？我是个人呀！可为什么对人的记忆模糊了呢？为什么我的潜意识仍认为自己是一个人呢？

“亲爱的，有什么不对吗？”雌蝇靠近我。我忽然想：或许我真的是一只苍蝇，只是一直做着成为人类的梦而已。这个想法使我好过了些，便开始跟雌蝇搭话：“小姐……”

我刚说了一句，雌蝇就笑了：“帕克，今天你怎么这么斯文？我叫小洁，但是你一向叫我甜心的。每年一届的‘蝇王大赛’就要开始了，等你赢了比赛，我会嫁给你的。咱们快走吧！”

我随雌蝇向外飞去，很快到了目的地——一幢百层高的大厦。这次比赛吸引来的苍蝇不计其数，种类更是五花八门。比赛开始了，苍蝇们向楼道挤去，楼道上像铺了一层黑色的地毯。经过努力拼搏，我冲在最前面。到达楼顶时，有人打开了一扇门，我乘势越过门道。突然，一个玻璃罩将我罩住了，我想，我完了……

一束刺眼的光线射来，我挣扎着立起身，思绪似乎一片空白，“洪教授，感觉如何？”我坐在手术台上，木然盯着我的实验伙伴——生物系神经专家史鸿雁。“我没事。”我回答。

“我们成功了！我们发明的神经探测器，将这只死了的苍蝇在一小时前看到的一切，准确无误地反射进了你的脑海里。这将是一个轰动全球的成果！”史鸿雁兴奋地喊着。

我不像史鸿雁那样兴奋，进入苍蝇世界里并非原先想象的那样刺激，我竟有了留恋蝇群的感觉。

史鸿雁又说：“你已试过神经探测器了，一定很有趣吧。我也要选一只苍蝇试试。”他说完，便向关着苍蝇的玻璃罩走去。

我没有理会他，兀自凭窗眺望，回想和思索着刚才出现的一切……

《科幻世界》，1998年第12期，庄秀福改编

伊甸园之海

康佳立

飞机慢慢地在跑道上滑翔，不一会儿，我驾驶的班机飞上了蓝天。当飞机飞临百慕大海域时，我猛然发觉飞机失控了，直挺挺地朝着一朵硕大无比的怪云撞了上去，并被怪云带着旋转了一阵后停住了。我赶忙往窗外望去，只见前方停着好几架飞机，而远处，一艘艘海船整齐地排列着，前不久失踪的“海河”号油轮也在其中。它们看起来都没有受到多少创伤。是什么力量把它们连同我们一起劫持到这里呢？我还来不及思索，头部就不知被什么东西猛击了一下，昏了过去。

当我清醒过来时，发现我们分别被囚在了一个个类似气球的薄膜中，并被带到一条长长的透明廊道里。在那里只见空中飞着一艘艘潜水艇似的东西，里面坐着一种高智慧生物。他们有和人一样的头、上半身及上肢，而下半身却是一个布满鱼鳞的大鱼尾巴。他们就是我们传说中的大海之神——人鱼！现在我猛然明白了，我们来到了大海的底层，来到了一个人鱼的世界！

几分钟后，我们又被送入了一个透明玻璃箱内，双腿被强行截去，取而代之的是一个大大的鱼尾。人鱼要我们的腿干什么呢？我全然不知。但没过多久，我们便从负责看管我们的帕玛斯那儿了解到了一切——海底人为了改变自身体内硒元素一代比一代减少，寿命相应缩短的状况，就劫持陆地人，从含有丰富的硒元素的陆地人的腿骨上抽取骨髓。

我们被植上了鱼尾和鱼鳃，在海底生活了近1年。虽然生活还是挺丰富的，可回到陆地的愿望还时常萦绕在人们的心间。直到有一天，我们看到了一丝希望——帕玛斯愿意帮助我们借5天后来临的一个大风暴，回到陆地去。

5天后的夜晚，我们按计划分成几个小队，径直向原先换掉我们双腿的那个玻璃建筑物奔去。由于这一带是风暴经过的地方，所以被查封了，无人看守。帕玛斯在玻璃箱内为我们换回了双腿，又掩护我们登上了飞机。我凭着多年的驾驶经验，以及在人鱼那儿

学到的海底飞行术，与风暴搏斗，最后终于驾机冲出了大海，直插天空。

脱离险境后，我从帕玛斯放在我提包中的一封信中得知：帕玛斯并不是海底人，他和我们一样经历过这些事情。不同的是，他的鱼尾在移植两年后就被完全固定在身上了，而我们的鱼尾移植在身上还不到一年半的时间。为了解救我们，他冒着生命危险来迷惑看守人员，我们的逃脱才如此顺利。

“帕玛斯，愿你的灵魂永久长存！”这是所有被救人员向留在那片广阔无垠的伊甸园之海中的陆地人发出的心声。

《少年科学》，1998年第11期，刘佩菊改编

克隆总统

海　旭

故事发生在23世纪。一座座鳞次栉比、纵横交错的高楼群中掩映着一幢低矮孤单的小楼，这就是华生医生的诊所。华生医生有三不治的规矩：没有经过联邦中心医院或其他同级医院出具病危诊单的人不治；不能证明自己是某领域超级天才的人不治；不能预付100万元诊金的人不治。开业一个月，没有一个病人上门，但华生一点也不着急，他要钓的是大鱼。

有一天午后，诊所来了两位戴着深色宽边大眼镜的男人。他们摘下眼镜，华生医生发现是东部联邦斯太总统和国家安全大臣杰。

他极度兴奋，这可能是他等待已久的一个机会。他立刻用“生命综合诊断治疗仪”为总统诊断，并且治好了总统的无名头疼病。总统付了100万元酬金。

过了几天，东部联邦举行盛大的百年和平庆典。斯太总统演讲

刚结束，人群中又出现一个斯太总统，其外貌、身体、神态、表情、服装都和台上的总统一模一样。两个总统都要安全大臣杰逮捕对方，并相互指责对方是冒牌货，整个广场混乱不堪。为应付集会出现的尴尬局面，杰向广场上的群众说："我们尊敬的总统和他的扮演者为空前的庆典表演了一个精彩的节目，请大家不要误会。"

庆典结束，两位总统被送到总统办公大厦。一位总统在9号办公室，另一位在12号。9号办公室里，斯太总统焦虑不安，他让负责日常起居的秘书安莉小姐送工作餐，外加一瓶威士忌。安莉送完工作餐，刚回办公室，斯太总统又通知她送午餐加威士忌到12号办公室。安莉看着总统迫不及待地大口喝酒，狼吞虎咽地吃午餐，感到很纳闷：刚才已吃过一份，怎么好像没吃过似的。她灵机一动，返身按响9号办公室门铃，又一个斯太总统站在她面前。她惊叫狂奔，怎么会有两个总统？杰派随员白象和黑象把安莉带到他的办公室，向安莉说明现在出现了两位总统，其中一个是假的，让安莉从生活细节上区别两位有何不同。安莉回答："12号房间的总统在吃相上不雅，不过一个人若是想刻意假冒总统，他不该在小问题上露马脚，这样岂不因小失大？"杰同意她的看法。为了国家的最高利益，只好委屈她这个唯一的知情者住到别墅去，实际上是被关了禁闭。

杰在沉思，到底哪个总统是假冒的呢？他又想出一个甄别方法。杰和斯太是老同学，在中学时代，斯太对一个叫"玫瑰"的姑娘一见钟情，还因此和一个男同学打过架，杰和斯太戏称之为"玫瑰战役"。这件事假冒的总统不可能知道。于是杰走到12号房间，向总统提问"玫瑰战役"的事。斯太回忆说："'玫瑰'是我们的同班女孩。一个叫'小电台'的男孩老纠缠她。我和你打掉'小电台'的三颗牙齿以示警告。'玫瑰'知道后，说她喜欢凭智慧行事的人，于是我和她的恋情破灭。"9号房间的总统在讲述"玫瑰"

时，不仅有声有色，而且还提供了更多细节。杰得出结论：两位总统都不像假冒的。杰突然想起，斯太喜欢下棋，让他们下棋来分辨真伪。经过几十个回合的较量，结果打了个平手。两位总统都为对方能同自己有着如出一辙的棋路感到惊讶和不解。

杰又请来对手相术有精深研究的总统夫人凌灵铃来帮忙。她细致辨识两位总统手掌的纹路，完全一样。总统母亲也被杰找来帮助，可也无法辨明真假。

在西部联邦安全行署署长机器恐龙的办公室里，机器恐龙和复合电脑小姐在商讨。为削弱东部国力及在国际社会中的影响，抓住“两个总统”的良机，机器恐龙派复合电脑小姐——一个有10部电脑加起来的头脑、比100个女人加起来更有魅力的女人到东部进行调查。复合电脑小姐通过安插在东部总统大厦里的间谍“地球仪”，了解到安莉小姐在自由别墅。她便假冒安莉母亲手下的雇员，来警卫森严的自由别墅看望安莉，趁机把一个微型监视设备安放在花瓶里的鲜花中。过了不久，杰来到自由别墅找安莉了解总统情况时，很快发现窗台上的一个花瓶里插着的一束工艺鲜花里藏有监视设备，杰当即感到西部联邦已插手此事。

出现两位总统的事件引起了新闻界的兴趣，许多记者来到总统大厦。总统大厦新闻发言人鹦鹉先生接见了记者。他说，在和平庆典上特型演员与真正的总统同台演出的事情引起社会反响，事实上那位演员并不是政府方面有意安排的，是他想利用这一惊人之举来出名。我们已对他进行教育，放他回家了。记者们对鹦鹉先生的回答很不满意，其实这是鹦鹉先生的谎言。

国民协会新闻中心记者永动器回到家中，怎么也睡不着。半夜，一位神秘女郎来访，给他送来一条新闻：“总统大厦里有两位总统，连杰也搞不清哪个是真的，唯一知情者安莉现在过着不自由的生活……”永动器以10万元买下了这条新闻。

第二天，“国民协会新闻中心特号新闻”刊登了永动器的报道：两个难辨真伪的总统都留在总统大厦内，国家安全大臣杰竭力想弄清真相，迄今仍毫无进展……这一特大新闻，引起了社会的轰动。中心广场上人群议论纷纷，拥向总统大厦，要政府做出解释。

安全行署召开科学界顶尖高手出席的科学会议，杰把和平庆典上的突发事件以及他随后的侦破介绍了一下，要求科学家们帮助提供鉴别真假总统的方法。科学家们谈了各自的看法，有的说是外星人的杰作，有的说是机器人……与会的唯一女士原子云博士说，假总统可能是采用生物方法克隆出来的。不久，西部联邦总统奥迪及夫人爱娃到东部联邦访问。杰在中间巧妙周旋，在此期间，杰掌握了爱娃私自约见东部副总统秋无梦商谈合作的事情。经调查证实总统夫人爱娃是复合电脑小姐装扮的。杰未加揭穿，静待观察。

杰又一次召集科学家，让科学家们对两位总统用最先进的仪器设备进行逐项生理生化检查，还进行了心理测试和影像重叠分析，最后得出结论：两个都是斯太总统。

过了几天，原子云博士的实验结果证实总统是被人通过生物学方法克隆成的。同时，她指出，在克隆过程中真正斯太所进行的活动，克隆人是不会知道的，可以从这里着手辨别真伪。杰推断，总统是在百年庆典前几天被克隆的。杰通过向两位总统询问和平庆典前一天下棋之事，12号房总统答不上来，终于辨别出12号房总统是克隆出来的。那么是谁克隆出假斯太的呢？杰回忆起在华生医生诊所治疗的经过，认定克隆创造者是华生医生。杰通过档案了解到，华生是同名孪生兄弟，兄弟两人都是博士，都是研究克隆技术的，哥哥开私人诊所，弟弟是生物物理仪器学博士，职业不详。

杰派助手黑象去华生诊所，把华生请来，得知华生医生已被西部联邦掠走。杰利用永动器发表一则否认克隆总统的新闻为诱饵，找到了华生医生的弟弟华生博士。华生博士承认，确实是他俩克隆

了假总统。杰要他与政府合作，同意为他们建立科研基地，经费都由政府支付，并承诺想尽办法救回他的哥哥。华生博士同意与政府合作。

怎样处置克隆总统斯太，总统召开了大臣会议进行商讨。大家众说纷纭，有人说让他做替身总统，有人说让他做常务大臣，有人说让他消失。斯太总统建议华生博士谈看法，华生博士提出，克隆人的致命点是15天必须服药，否则就会死去。药在我哥哥手中，现我哥哥下落不明，再过一天，就满半个月了，一切问题就自然解决了。

在总统大厦12号房间里，两个斯太对视无语，斯太总统感到有克隆斯太存在，他不再孤独。克隆斯太知道自己的生命即将走到尽头，他急盼华生医生的出现，又想规定服药的时间已到，连一点异样感觉都没有，所谓服用药物一说，只是华生医生对自己的某种要挟？本来神情黯淡的克隆斯太脸上突然绽开了笑容。

《克隆总统》，江苏少年儿童出版社，1998年2月，赵滁先改编

血染星图

韩　非

3121年某日，地球联合政府最高安全部基地发生爆炸。就在众人忙着救火的时候，有人潜入绝密区，复制了一张星座图的磁盘，匆匆离去。

安全委员会的安全员芮把这一切看在眼里，于是跟踪而去。那人进入一座几千年前的旧宫殿废墟，出来时与芮遭遇，发生了枪战。芮用射线枪击中了他，那人即化成了气体。芮没有搜查到那张磁盘，不知那人把它藏到何处。

芮向奎恩中校汇报了此事，但拿不出一点儿证据。奎恩表示怀疑："偷窃那星座图有何用处？"芮道："给叛军的同盟军导航。"奎恩要求芮及早找到磁盘。

芮所说的叛军是一个叫新卡米洛的星球。那里确实是个不同的世界，没有剥削，实行集体所有制，个人的生活必需品由政府供给，一切人的权利平等。开始的时候，地球联合政府对它是满意的，一来可以把许多不满政府者从地球上赶走，二来可以从那里获得巨额税收。但是，新卡米洛的吸引力太大了，许多有才干的人都离开地球，到那里定居。他们的产品物美价廉，地球无法与之竞争。联合政府开始对新卡米洛处处进行限制，于是，战争不可避免地爆发了。新卡米洛宣布脱离地球联合政体，建立自己的共和国。战争一打就是10年，"叛军"处于下风。安全委员会怀疑他们在寻找外星人同盟军。

芮确信，叛军还会派人来取星座图，所以他和助手伽斯廷在宫殿废墟边守候。过了一天，终于有3个人出现了，双方又发生枪战，3人被击毙，芮右肩负伤。

正在这时，废墟上又出现了一个人影。芮定睛一看，是他的旧情人阿泰娅。芮举枪喝道："站住！否则我开枪了！"阿泰娅站住了。"把星图磁盘留下，你就可以走。"芮又说。

阿泰娅说："你让我把它带走吧。这关系着几亿人的生死！"芮说："不行。这样，地球上会有多少人丧生？"

此时，芮听到身后有动静。他刚回头，枪声响了，伽斯廷和阿泰娅同时倒下。芮惊慌失措，忙问："这是为什么？"阿泰娅说："伽斯廷想杀死你，他是奎恩中校派来监视你的。"芮看着伽斯廷，垂下脑袋，慢慢断了气。

芮又转向垂死的阿泰娅。阿泰娅从衣服中摸出了磁盘，说："请你横越地中海，把它交给普罗谢内元帅。"芮说："这……我

办不到。”

阿泰娅又说：“你听我说。许多年前，我参加了银河系探险行动，飞船出了故障，来到一个奇异的星球，那里的人自称是犹摩人，他们救了我们。现在犹摩人同意接纳我们的人民，但我们与他们星球之间的航线有一大片空白，而地球的这张星图正好能弥补这片空白。这样我们可以开辟一条安全的航线，把饱受炮火蹂躏的无辜者送到安全的地方去。这就是全部真相。”

芮说：“好，我答应你。”阿泰娅安详地闭上了双眼。芮克服了重重困难，完成了阿泰娅的托付。

《科幻世界》，1998年第1期，庄秀福改编

南极黑洞

何　昆

2037年5月28日，在世界防汛总部，部长克雷德正守候在传呼机旁。近几年，南极永冻冰墙开始融化，海平面已上涨了几十米，淹没了许多城市。永冻冰墙融化的原因一直不明。几天前，克雷德派出“天鹰号”侦察机去南极调查，今天是“天鹰号”到达南极的日子。

“嘟嘟嘟”传呼机响了。“报告部长，在南极的中央地带有一个直径约2米的黑洞，热量就是从那里出来的，我们正在……啊！”克雷德从“啊”的一声中知道“天鹰”号的队员已遇难。克雷德决定亲自去南极调查。

克雷德顺利到达南极并找到了黑洞。这时，黑洞边上突然闯出几个身影，克雷德定睛一看，原来是一些长着绿头发、身材不足1米的人！克雷德刚想掏枪，听到对方一个身材较高的人说：“请

不要动武。我们是住在地球下层的地底人。我是地底国王，让我把这里发生的一切都告诉你。”“请问我的队员是怎样遇难的？”地底国王严肃地说：“你的队员是自作自受。你看黑洞附近的这些矿石，你们地球人称之为‘黄金’，但它与普通黄金不同，是一种强放射性的矿石。你的队员为了抢夺‘黄金’，先是互相残杀，最后都死于射线。至于那些矿石，是我们用来封闭黑洞的。”“这么说，这黑洞不是你们打开的了？”“当然不是。这些年，你们核战争不断爆发，自然环境被破坏，这个黑洞是被一颗核弹打出来的，使地底下的热能大量散失，也使地球上面遭到了毁灭性的灾难。现在我们正在用‘黄金’射线封闭这个黑洞，20分钟后即可完成。我要你转告所有的地球人，不要再破坏自然环境了，否则更大的灾难就会降临。”克雷德激动地说：“我一定会把您的话转告给全体地球人的。”

《聪明泉》，1998年第6期，庄秀福改编

灭　蝗

何　杉

这是公元1403年（明永乐元年）8月19日，兖州府沂水县的衙门。“唉！”吴县令又叹了一口气。半个月来，这个县遇上严重的蝗灾，县令一筹莫展。作为“师爷”的我，也真替这老头儿担心。

其实，我压根不是那年头的公民。本人乃2079年的联合国教科文组织“历史回访者”小组的一员，姓柳名雯。为了探访明朝的一段历史真相，我和陈英、杨明于16天前来到这里接我的同事的班，我现在的“师爷”这一“角色”就是由一个个“回访者”轮流扮演的。当然，我们的外形和声音等都是无懈可击的。我们这些“回访

者”都必须遵循一条铁的规定：不允许“参与”历史，否则，将被永远流放在“异时空”。

但是，老百姓遭蝗灾后的惨状使我动摇了。灭蝗在我们的时代已是小事一桩，跟我同来的陈英学的是生物学，若她肯帮忙，也只是举手之劳。

监视器告诉我，吴县令睡着了，我放在他茶中的那粒“小东西”已到达了他的脑部。其实那“小东西”是一种生物制剂，控制者可通过“波”控制这种制剂的振动而达到控制人的梦境。

第二天，本“师爷”称病告假，回到我们隐秘的住处。一进门，陈英就喊：“柳雯，你想害我啊！你搞什么‘托梦’的把戏，让吴县令带着一帮百姓来求我。你想让我‘流放’在这里，永远回不去！”我抱歉地说：“我看这里的百姓实在太惨了，只能请你帮忙。我们只有3个人，大家都不说出去，就不会有事。”

4个时辰过去了，陈英以最快的速度培养出一种病菌，只要有一只蝗虫沾染，这种病菌就会迅速扩散到整个蝗群置其于死地。我和杨明趁着天黑，把病菌的液体刷在几棵柳树上。

第3天下午，我在县衙门里，有人来报，大批蝗虫死亡。吴县令高兴极了，我抿着嘴偷笑。

公元2079年，在联合国总部资料库史类室里，我和陈英正忙着。杨明进来，拿出一本《聊斋志异》，翻到《柳秀才》这一篇让我们看。蒲松龄在书中说：“明季，蝗生青兖间，渐集于沂，沂令忧之……”陈英念到这儿，说：“这不就是上次我们……”这时，组长进来，问：“你们在干什么？”我们仨人忙说：“没事，没事。”

组长走了。“好险！”杨明吁了一口气，压低声音说，“我发现书中有几个错处，下次去时，得找蒲松龄老儿，让他一一订正过来。”

《科幻世界》，1998年第11期，庄秀福改编

网络情

胡　强

“啪、啪”，我无聊地敲击着键盘，心中闷闷不乐。学校的上机制度太严格了，用障碍隔断了网络间的横向联系，使得原本有趣的计算机网络像是死水一潭，太没劲了。

我毫无目的地漫步在网络大道上。忽然，一行小字出现在我眼前：“网络小径独徘徊，阁下好兴致啊！”我精神为之一振，忙用手指敲击：“哪里，哪里。请问阁下高姓大名？”“不敢，不敢，小女林如虚。”

就这样，我和林如虚认识了。她告诉我，她今年18岁；我也告诉她，我叫方成，19岁，是数学应用系的。

以后上网的时候，我再也不感到空虚了。我和林如虚在网上相聚的时候，经常玩儿游戏。当然，我们更多的是交谈，不仅谈网络，谈“黑客”，而且还谈文字，谈人生。我们的感情日益加深，我觉得一天也离不开她了。虽然我们未见过面，但她那语句中不断透出的脂粉味令我心动不已，睡梦中也无数次见到她那靓丽的身影，与她见面的欲望越来越强烈。

终于有一天，我鼓起勇气，在计算机上打出：“我爱你，如虚。”但没有得到她的回答。这种状况维持了半个月之久。一天，她终于有了反应，我便问她：“为什么这些天不理我？”“因为我太爱你！”我心中狂喜，用键盘打出：“我们约一个时间见面吧！”“这不可能！”

我心中隐隐作痛，佯作镇定：“为什么？”沉默了好久，她答：“这里有一封信，它能说明一切。”屏幕上一封信慢慢显示出来。看完她的信，我眼前一片黑暗。信的结尾是这样的：“当你说

出曾在我心中盘旋已久的话时，我清醒了。我清醒地认识到，你我是不可能有结果的。我只不过是一个虚拟的人，我无权过正常人的生活。我不能再和你缠绵下去，于是我选择了逃避。”

生物学上的病毒属低级生物，而计算病毒则是人为地由大量的复杂程序编译而成，其中不乏智能型病毒。当这些病毒多次交叉感染一份文件（我猜这份文件一定是一篇声情并茂的诗歌）时，奇迹发生了——这份文件被赋予了生命，开始有了思想，更重要的是有了情感。

原来，世界上并无“林如虚”其人。它不过是病毒感染的一份文件，一份有了生命、思想和情感的文件。

于是，结束的时候到来了。这天，机房老师拿出一张最新的杀毒软盘，塞进机器，运行开始，病毒瓦解，一个活泼的生命转瞬即逝。

《科幻世界》，1998年第9期，庄秀福改编

海洋之心

黄丽娟

美国电视台正通过全球卫星通信网，现场直播南非泰坦尼克船运公司仿造的“泰坦尼克号”沿当年航线作首航的盛况。船上有一位年逾百岁的嘉宾，她就是电影《泰坦尼克号》中的女主人公原型——露丝。

记者在船上采访露丝，只见老人缓缓站起，她胸前那块蓝宝石“海洋之心”突然射出夺目的光芒，露丝随着轻轻地飘起来，落在海面，缓缓下沉。这时，一切讯号忽然中断，全球的观众在屏幕上只见一片雪花……

海水浸没了露丝，她意识到，“海洋之心”正牵引着她漂向一个未知的世界。不知过了多久，她看到前面有一艘豪华的游轮将要沉没，莫非是88年前那可怕的梦魇重现？没错，是她，17岁的小露丝。露丝不由自主地奔向小露丝，进入少女的躯体，105岁的意识与17岁的躯体不可思议地结合了起来。

过了很久，露丝的意识才开始复苏。她惊奇地环顾四周，仿佛是在一座宫殿前。“醒醒，杰克。”露丝推了推她的男友杰克。杰克睁开眼，看到天空中一颗星星闪出蓝光。“海洋之心！”他喊

了一声。话音未落，就传来脚步声，许多人拥着一位老人向他们走来。“露丝、杰克，欢迎你们，感谢你们为我们带来‘海洋之心’。欢迎你们来做客。”

老人把他俩带进金碧辉煌的宫殿。老人介绍说：“我们原是生活在大西洲的公民。由于我们疯狂掠夺资源，破坏了生态平衡，被淹没在大西洋底。科学家们费尽心血，从蓝藻中提炼出一种物质，发射到海底上空。它能聚集微弱的阳光，供给我们。我们尊称这轮海底的太阳为‘海洋之心’。我们经过艰苦的时期后，渐渐忘了教训，又大肆挥霍资源，再一次面临灭亡。后代的科学家经过努力，把‘海洋之心’改造成一部时空转换机，于是，我们从你们的世界夺取文化瑰宝和文明结晶。可是，我们没有发觉，‘海洋之心’绝不再是一个单纯的运输工具，它被赋予了人的感情。在我们恣意破坏环境时，它离开了我们。我们在漆黑的海底挣扎着，企盼‘海洋之心’的回归。1912年，你们乘坐的‘泰坦尼克号’经过我们海域时，我们又看到了‘海洋之心’，于是，我们制造了那起海难事故……”

“闭嘴，你们这些坏蛋！你们使多少人在冰海中等待死亡？”杰克怒骂。

“我很抱歉。后来我们知道即使抢回‘海洋之心’，它也不会重放光彩。于是我们改过自新，珍惜每一份资源。也由于你们的真情，挽救了我们颓废的民族。”老人说。

“是你们创造的巨大变化，唤回了‘海洋之心’。”老露丝说。老人又说：“如果你们愿意，我们用‘海洋之心’把你们送回到你们的世界。当然，如果你们赞成，我们欢迎你们在此定居。”

露丝和杰克泪流满面，深情地并肩向远方走去。

《科幻世界》，1998年第7期，庄秀福改编

异度相逢

蒋海涛

阿南教授和家驹博士在南太平洋的一个小岛上从事科研工作。2021年8月3日傍晚，两人躺在海滩上乘凉。突然，来了一只飞碟。飞碟离去后，阿南就不见了。家驹立即向中科院报告，祖国派来飞机寻找，仍不见阿南的踪影。

阿南从昏迷中醒来，看看周围，一切都是陌生的，树和草全长得奇形怪状。他慢慢明白了，这种陌生，不仅是因为身处异地，而且还是因为处于不同的时代！蓦地，见一只斑斓大豹向他扑来，他拼命逃跑，摔了一个跟头，便晕了过去。迷迷糊糊中，阿南闻到一股香味。睁开眼，看见一个野人在烤肉，并让阿南吃肉。野人体格健壮，下身围着一块豹皮。是他杀了豹，救了阿南一命。野人看到阿南手上的表，表示了莫大的兴趣。阿南把手表递给他，他认真看着。阿南闭上眼睛休息。不知过了多久，他睁开双眼，看到野人朝自己走来。忽然他的身体拉长了，瞬间消失得无影无踪。阿南迅速反应过来——时空畸变。阿南一人昏昏沉沉地往前走，疲惫不堪，终于倒了下去……

这天，家驹刚起床，信号器响了。他打开多媒体屏幕，武汉分院的朱狂教授对他说，在新近发现的湖北长阳县旧石器时代遗址的一个山洞里，他们俘获到一个野人。令人惊异的是，野人戴着一块手表，表上刻着“阿南”字样。朱狂教授想起两年前阿南的失踪，便与家驹进行联系。

家驹立刻乘飞机到武汉，朱狂教授陪他去看野人。野人被关在玻璃房中，家驹仔细分辨，试图找到一点儿有关阿南的线索，但是一无所获。

正在这时，中科院来电，说阿南在兰州一家医院。家驹赶到兰州，见到了阿南。阿南向他讲了在一个小山谷里待了10多个小时的经历。阿南没想到，他失踪已有两年了。

家驹拿出从野人处得到的手表给阿南看，阿南惊讶地问：“这表怎么到了你手里？我把它送给一个野人了！”家驹马上明白了：阿南先是落入了一个时空陷阱，后来又和野人同时离开了时空陷阱。家驹说，那野人在武汉不吃也不喝，很是可怜。阿南说："我得马上去武汉看他，他还是我的救命恩人呢！"

第二天，阿南到了武汉。野人见到阿南，马上认出他来。阿南让他吃东西，他也接受了，渐渐地野人被驯服了。武汉分院的科学家利用脑波复原仪测试野人曾经历过的事，他们在监视仪上看到了一组组野人生活的镜头，并且全录了下来。

科学家认为，这个野人属于四五十万年前旧石器时代的人。为了便于研究，决定专门为他建立一个森林保护区。有了这么个活化石，以后的考古工作就更好做了。

《科幻世界》，1998年第4期，庄秀福改编

两个人的战争

匡　欣

奥瑞尔是"宇宙开拓者"组织的成员。这个组织的目的和使命是寻找并占有一个新星球供人类移民。两天前，奥瑞尔与同伴失散了，现在她驾着单人侦测飞船在一片天区游弋。在这片天区，极有可能发现环境良好、适宜移民的星球。

"叮——"通讯系统的提示灯亮了，稍后有一个男性声音响起。奥瑞尔连忙打开自动翻译程序，连试几种语言，她才明白，是有人在向她示警："前方是一个大规模陨石群，改航向为23°。"奥瑞尔向他道了谢，随即调整了航向。

过了一天，奥瑞尔发觉自己进入了一个未知的星系，这里至少有7颗行星，看来像是一片处女地。宇宙观测继续进行，电脑不断向她报告观测到的新情况："发现一颗行星，有着良好的大气环境，没有文明迹象，植被很广，其存在的生物进化程度还须进一步

研究。”

“降落！降落！”奥瑞尔激动不已。当飞船在平原上降落后，奥瑞尔立即奔出舱门，清新的空气迎面扑来，她还听到了淙淙的流水声。她急步走去，看到一条小河。她用手掬起那清凉的河水，觉得渴极了。

“等一等。”一个声音从身后响起。奥瑞尔回过身来，看到一个异星人。他身材魁梧，五官和地球人差不多，但有一种凶恶之感。此人居然会说地球语：“终于有人可以说说话了。认识你我很高兴。我是兰得萨星人，我叫特隆。”

“我也很高兴，我是地球人，叫奥瑞尔。刚才你为什么阻止我喝水。”奥瑞尔说。

“未经检测之前，不能随便喝。”特隆拿出一只小杯，舀了一杯水，液晶屏上显示一串数字。“这水可以喝。”他把杯子递给了奥瑞尔。奥瑞尔道：“昨天向我示警的，是你吧，谢谢你。”

特隆说：“不必谢。我是在为兰得萨人寻找可以移民的星球。这儿很适合我们。”奥瑞尔说：“可是我也发现了它。”

“是啊，兰得萨人和地球人都不会放弃这儿的权利。所以解决的办法只有一个：武力。为了避免日后的两球战争，只有立刻开始战争——我和你两个人的战争。”

奥瑞尔承认，用两个人的战争来解决是最好的办法。她拔出手枪，眼光在特隆的身上停留了一会儿，目光既坚毅又温柔，没有丝毫仇恨。她想把他的形象深深印入自己的心田，虽然她不知道，几分钟后结果将会是怎样……

《科幻世界》，1998年第2期，庄秀福改编

新　生

李　亮

公共汽车上，5名车匪在抢劫。穆子谅咬着牙低头坐在座位上，刚挨的一记耳光还是热辣辣的。他真想冲上去，可是不行，他只有一条腿，街上的小流氓曾骂他是废物。是的，废物又能干什么呢？

3个月前的车祸夺去了他的左腿。他想过死，但田教授救了他。田教授还说：“科学家早就发现，一个人除了血肉之躯以外，还有‘第一躯体’。它是一个能量体。当血肉之躯残缺后，第二能量体会单独存在一段时间。但时间长了，它也会消失。我已发明了一种药物，可以使一小部分第二能量体脱离血肉之躯而独立存在，并使其能量加强。”

田教授交给穆子谅7粒胶囊，让他每天吃1粒，一周后，他就会拥有一条无形的腿。穆子谅已吃过1粒，但没有什么感觉。现在身边还有6粒，他掏了出来，一下子全塞进嘴里。

一个歹徒看到穆子谅在往嘴里塞东西，走了过来：“干什么哪？你这废物！”听到“废物”两字，穆子谅热血腾地燃烧起来，他站起身来，突然单腿一跳，纵身扑上前去。歹徒猝不及防，被扑倒在地。穆子谅用双手紧卡歹徒的脖子。

此时，穆子谅感到有人在拽他的右腿，是歹徒的同伙！他猛地把右腿一收，跟着左腿蹬向那人脑袋。他忘了，他是没有左腿的。只听那歹徒惊叫一声，趴在地上不动了。怎么回事？穆子谅感到自己的左半身有东西支撑着，是左腿！是第二能量体的左腿！那7粒胶囊发挥作用了，田教授没有骗他。

又有一个歹徒扑来，穆子谅一拳打去，但打空了，然而歹徒的

鼻子冒出了血。穆子谅自己都惊呆了：“我的拳头没挨着他呀。”不过他马上明白了，是无形的手！他的能量得到了加强。

歹徒见穆子谅凶猛，不敢上前。有一个歹徒开了一枪，穆子谅中弹，昏了过去。

“当穆子谅醒来时，他已在医院。病床前站着田教授，他说：“你真不该一下子吃掉7粒胶囊。你的身子已被药烧坏了，对不起，我不能帮你了。孩子，想开些，没有腿……”

“别说了，田教授。我已不是从前的我了。从我面对歹徒站起来的那一刻起，我就不再是个废物！我已获得新生！”

《科幻世界》，1998年第12期，庄秀福改编

五分之一思维的智慧猴

李纳文

应周博士之邀，一大早我赶到他的实验室。周博士神秘地对我说：“我要给你看一样本世纪最伟大的发明。”

过了一会儿，一只小猴子端着一盘水果送到我跟前。“请……吃……水……果，”一声怪怪的语调从猴嘴里发出。“啊？！”我吃惊得几乎从沙发上跳起来。这只猴子——它竟然会说话。

“这——难道是机器猴？”我问。“不！”博士摇摇头，“这可不是机器，它是几个月前从动物园借来的。不过，它变得更聪明了，能听懂和学会人类的简单语言，干一些力所能及的活儿。这一切，都是因为它喝了我发明的一种药剂。”

“药剂，什么药剂？”我又问。

“‘NL’药剂。这种药剂通过刺激猴子的大脑，让它具备一定的独立思维能力，就像有一定思维能力的机器人。为了这，我花了10年时间，试过各种方法：电击、移植人类脑细胞……最终才研制出这种药剂。目前，这种智慧猴的劳动能力与家用机器人的劳动能力不相上下。”

太有意思了！猴子可以替代昂贵又危险的机器人。但我又有些担心：“这种智慧猴会不会像机器人那样背叛人类？”

“这个问题我早就考虑过。它们的思维能力只有人类的1/5，反叛人类是它们的思维所不能涉及的问题。”

《聪明泉》，1998年第11期，庄秀福改编

心　药

李艳秋

察看了好久，确信没有熟人后，陈敏才溜进了被人们传得很神秘的“信心诊所”。

接待她的是一位胖胖的女大夫：“可爱的女孩儿，有什么事需要帮忙吗？”陈敏很喜欢“可爱”这个词。她笑笑道：“昨天，同学们约好去游泳，我推说患感冒不能去。其实，我是因为自己的身材……”大夫注意到了陈敏的身材，是太胖了。“哦，这不是什么大问题，你的愿望马上可以实现。请跟我来。”

大夫把陈敏带到一台奇怪的机器前，让陈敏躺进去。一阵蜂鸣之后，陈敏感到奇痒难耐，并且越来越热，但陈敏拼命忍着。出了机器，陈敏怀着无比激动的心情，来到了镜子前——她简直不敢相信眼前的这个女孩儿会是她：苗条的身材，修长的双腿，胖脸也成了好看的鸭蛋形。“大夫，谢谢你！”“孩子，不用谢我。不过我得提醒一句：值得炫耀的不是外表的美，心灵美才能百世不殒！”

走出医院，陈敏觉得自己已脱胎换骨。天空那么晴朗，生活真美好。她迫不及待想去见朋友，见家人，去游泳，去参加一切活动。

这一周，陈敏觉得是她一生中最愉快的日子。此刻，她又来到了诊所，感谢女大夫。胖大夫为陈敏找回自信心而高兴。“不过，我想还得把实情告诉你，其实你这一周外表未曾改变过。那天是通过导线，把你想象中的形象输入电脑，再反馈到你脑中，令你部分视觉产生幻觉——你就是镜中美丽的‘你’。只有当你敢正视自己外表的缺陷时，幻觉才会随之逐渐消失。”

有如五雷轰顶，陈敏哭着回到家中。在门边她发现一封信——是朋友送来前天活动时的照片。她发疯似的拆开信，照片上的女孩儿胖胖的，但是笑得很灿烂，阳光般灿烂。不过陈敏不相信这是事实，连忙打电话问好友莉莉。“喂，莉莉，你觉不觉得我这段时间有什么变化？”

“你没什么变化啊。不过确实挺怪——的。”陈敏的心一下子被提了起来：“我怎么怪啦？”“你呀，平时沉默寡言，可是上周差不多认不出你了。开朗，说话幽默得体，大家都羡慕你知识面广。有位男生还老追问你的名字和电话呢。”

陈敏放下电话，站到穿衣镜前。起初，她看到的还是那个修长秀丽的女孩儿，渐渐地，变成了一个微胖，但是更为健康，洋溢着青春活力和聪慧光彩的女孩儿。

这一夜，陈敏失眠了……

《科幻世界》，1998年第7期，庄秀福改编

星球之声

李忆仁

在“时空”酒吧里，蒂娜在用七弦琴演奏，一曲终了，台下响起热烈的掌声。蒂娜走下台来，一青年男子请她喝酒，他说：“我叫李狄，是NEC公司的雇员，我们对你的基因感兴趣。”李狄看到蒂娜疑惑的神色，又说：“我们知道你患有SCID综合征。现在得此病的人极为罕见，所以你的基因很珍贵，我们想买下来。”“这么说它很有价值了。你们准备出多少钱？”蒂娜狡黠地问。“15万。”“那好吧。”

第二天晚上，蒂娜应李狄之邀，到智能歌剧院观看由“天使”

乐队演出的歌剧《星球之声》。7年前，有一群自称“天使”的年轻人掀起了一场电子乐革命，他们用不可思议的音乐打破了由贝多芬和舒伯特统治的音乐世界，建立了自己的音乐王国。“天使”的演出果然不同凡响，蒂娜听了直落眼泪。

几天后，蒂娜在家中收听音乐节目，电台中播放的是“天使”的新曲子《水晶心》。她听着听着，感觉到这音乐是自己的一部分，完美地和自己契合在一起。

这时，李狄来电话，请她吃晚饭，并让她带上乐器。晚上，李狄开车接她，两人来到只有百万富翁才能出入的“魔力俱乐部”。李狄把蒂娜领到台上：“你用琴弹奏那天弹的曲子，我会配合你的。”李狄自己走向舞台的另一侧，那里有一台大型手势琴。这是“天使”创造的机器，它直接与计算机相连，当人挥舞手臂时，音乐便从扬声器中传出来。

蒂娜开始弹琴，李狄用手势琴为她伴奏，他演奏的竟是《水晶心》。蒂娜发现，两首曲子完美地璧合起来。她忽然明白了什么，陡然中止了演奏。蒂娜问：“你就是‘天使’之一？”李狄点了点头。蒂娜又问：“那你为什么骗我，说是NEC公司的雇员？”李狄解释：“NEC属于‘天使’，所以我没有撒谎。我们几个年轻人发明了计算机化乐器，电脑负责技巧和演奏部分，人们只要控制感情与艺术表达方式，如节奏强弱的力度等，每个人就都能参加演奏。我们发现，人们对音乐的爱好源于基因，当优美的旋律使你感到悦耳动听时，正是这段旋律与你的基因吻合。我们还用基因谱曲，《水晶心》就是来自你的基因。自从‘人类基因组计划’后，有缺陷的基因越来越少了，我们在世界各地寻找各种古怪的基因病，就像探宝藏一样。”

“就像我？”蒂娜淡淡地问。“没错。”李狄说，“不过，我听了你的演奏之后，感到你极有才华。我希望你能加入‘天使’。”

“不可能。”蒂娜答，“你们确有才华，使贵族的音乐平民化。但你们的艺术没有美的灵魂，是以病态为美。你们只是丑角，不是艺术家。”

说完，蒂娜走出俱乐部，一直不回头。

《科幻世界》，1998年第11期，庄秀福改编

天外朋友

李正明

阿芒和波特在田野行走，看到天上落下一只大圆帽形的飞行物。两人走上前去，见到飞行物中下来一个绿头发、三只眼睛、身高不到1米的人。“小朋友，你们好。我来自木星，是你们的朋友。我是乘旅游船到月亮上观光的，不料旅游船中途坏了，所以这只副船载着我到了你们地球。”

“你能说并能听懂我们的话？”波特问。“我不会讲你们的话，但我手指上的戒指能讲出地球上的任何一种语言。”

“飞船上的其他乘客呢？”阿芒也问。“旅游船上每个人都有座椅，如遇不测，座椅就变成了能独立飞行的副船，其他旅客去了哪里，我也不知道，如有可能，请你们帮助找一下。”阿芒和波特答应了，两人看看天色已晚，便告辞木星人回家。

木星人返回自己的副船，找出地图研究起来。过了不久，他手腕上的“万通器”响了，他抬头一看，屏幕上出现了一辆疾驶而来的汽车。“汽车上有什么人？目的地是哪里？”木星人按动了“万通器”的红色按钮，屏幕上显示出汽车上戴黑帽、披黑袍、手握武器的人，目的地正是这里。原来这是一伙邪教徒，他们一方面仇恨外星人，另一方面在地球上到处搞恐怖活动。今天他们侦察到这儿

来了外星人，就赶来准备活捉他。

副船里的木星人已洞察这一切。他取出一块橡皮大小的东西，眼睛盯着万通器。邪教徒的汽车逼近了，50千米、30千米、10千米，匪徒的汽车突然停了下来，发射出一枚“鬼怪”炸弹。当炸弹将要落到木星人的副船上时，木星人按动了一下“橡皮”，“鬼怪”炸弹便改变了飞行方向，掉头朝邪教徒的汽车飞去，炸毁了汽车。

第二天放学后，阿芒和波特又来到木星人处。木星人说，他不能在地球上久待了，要尽快造出一艘主船，早日离开地球。但缺少材料，请两位同学帮忙。木星人从口袋中取出一支钢笔样的东西，用手一拉，那东西变成了一根手杖，他用手杖朝地面轻轻一划，地上出现一条大裂缝。三人沿裂缝往下走，在地球深处找到一种特别的细菌，他们将细菌——奇菌装入瓶中。

三人把奇菌带到一处被人遗弃的旧矿山。木星人测出，这儿的矿石中有造主船所需的稀有金属，奇菌能把金属从矿石中提炼出来。阿芒从瓶中放出奇菌，奇菌便开始“工作”，提炼出的金属颗粒逐渐堆积起来。这时，木星人取出一个小小的机器人。机器人把金属粒放进嘴里，咀嚼成金属板，又把金属板制成一艘小船。木星人拿起小船，放进一粒药丸似的东西。“请放大！”木星人在一只遥控器上按了几下，“呼”的一声，小船变成了一艘大船。接着，木星人用操纵器把副船装入大船。

飞船将起航，木星人向阿芒、波特挥手告别，他们期盼能再次重逢。

《科学时代》，1998年第3期，庄秀福改编

天　隼

凌　晨

2095年，“天隼”号飞船失事被毁。幸存的船长任飞扬因失职罪被判刑10年。任飞扬刑满释放时，宇航局派人来请他回去。但任飞扬因为坐牢而伤透了心，所以拒绝了宇航局的邀请。

任飞扬有个同事和好友叫舒鸿，是“天隼”号的前任船长。他

才华横溢、功勋卓著，是第一个进入木星引力区的人。不知为什么，舒鸿突然间变得狂妄自大、追求享受起来，后来借故离开了宇航局，迄今已有12年。任飞扬和伙伴们对舒鸿十分不满，不过任飞扬对舒鸿的变化深感怀疑。他出狱后，花了大量时间寻找舒鸿，以求见舒鸿一面，解开心头的疑惑。

半个月后，任飞扬终于得到关于舒鸿的一点线索，赶到了大西北。但他看到的却是舒鸿的墓地。舒鸿为什么要到这里？为什么默默无闻地死去？任飞扬要弄清其中的原委。

管理墓地的是一位维吾尔族老人，十几年来一直和舒鸿生活在一起。老人说："半个月前，国家宇航局、国家医疗急救中心、太空医学研究院的几十个人都走了。十几年来，大家全围着舒鸿转，但是，舒鸿的身体最后还是烂掉了。""烂掉？"任飞扬惊讶地问。"是的，他的身体一点点烂掉的，我也记不住那些古怪的名称。舒鸿真是个坚强的人，从不叫苦，工作起来真玩儿命。后来舒鸿要他们把自己的脑子取出来，说趁着他的脑子没烂掉前，他想多做些事。他们拗不过，只好照办了。舒鸿的脑子被泡在一个透明的罐子里，上面插满供给营养的管子。"

"他那样还能工作吗？"任飞扬声音哽咽。"怎么不能？他的智慧和经验是无人替代的，只有他到过木星。"

任飞扬唏嘘不已："宇航局可以给他造个身体，这应该能做到。"老人回答："他们试过，但不行。他的脑子常发生变异，发出奇怪的射线，使几个护士受到辐射污染。舒鸿想控制脑子的异化过程，大家都帮他，可是失败了。那个怪东西通过网络控制了西部的输油管道。舒鸿和它斗了一年，上个月它的异化过程突然加剧，甚至闯进了国防部的控制系统。舒鸿及时制止了它而自己也牺牲了。"

任飞扬糊涂了："牺牲？这是什么意思？"老人说："舒鸿知道

谁也不忍心切断营养供给，而那是防止他脑子变异的最有效方法。他知道没人会下手，于是就自动中止了营养吸收……”

任飞扬惊呆了。舒鸿，你竟能如此！任飞扬全明白了：是舒鸿“欺骗”了宇航局的同伴们，一定是怕自身的遭遇挫伤他们的积极性，肯定是这样的。舒鸿的所有行为都清楚了，多年的怀疑、怨责都不复存在，一扫而光。

在舒鸿精神的鼓舞下，任飞扬又回到了宇航局，重驾“天隼”号飞上太空。

《科幻世界》，1998年第3期，庄秀福改编

这一刻用尽一生

凌　远

今天，是中国足球队在本届世界杯赛中的最后一场预选赛。露是某国际新闻机构的记者，奉董事长李德安之命，到现场采访。中国队踢得极为精彩，以3：0取胜。露完全没想到，中国队最出色的球星竟是飚。

飚是露的大学同学，在物理系，学习很刻苦，其指导老师是露的父亲。露的父亲正在从事一项神秘的研究，飚便成为他的助手。后来，实验发生了事故，露的父亲丧生，飚离开了学校。想不到现在飚成了球星。

半年后，世界杯足球赛开幕了，中国队的表现不尽如人意。小组赛第一场以0：0与牙买加踢平，第二场以0：5惨败于意大利。奇怪的是，中国的头号球星飚始终没有露面。第三场是生死攸关的比赛，上半场是0：0。到下半场，飚终于上场，他颤巍巍的，看样子是大病未愈。飚接到球后，以惊人的速度，突破对方防线，踢进了

一球。中国队以1：0获胜。

露在电视上看到了这一切，心中产生了疑问，立即赶到飚的住处。飚向她说出了其中的奥秘：露的父亲研究的是时间机器。有了它，能在瞬间穿越太空。后来发生了事故，飚得了后遗症：他的意识速度变得极快。他想尽一切办法对付越走越快的神经，可能是这种奇怪的速度在他的心理上和生理上的不断冲击，成就了他不同寻常的灵敏反应，一跃而成为杰出的球星。不过，飚不能控制自己，常要得病。

露也说："我也了解父亲的研究。我整理了他留下的笔记，继续进行研究，现在已研制成功了时间机器。这机器虽然不能实现时间旅行，但它可以控制物质的速度。我把它交给你，你的肌体得以加速，从而和你的意识达成和谐，治愈你的后遗症。但这机器不能频繁使用，否则会超过负荷，发生事故。"

飚又能上场纵情飞奔了。中国队轻松挺进八强。在1／4决赛时，中国队以5：3淘汰了巴西队，飚一人独进5球。

还有3天就要决赛了。飚接到一个电话，让他用时间机器去换回露。原来，露被绑架了，绑架者正是她的董事长李德安。李德安是露父亲的旧识，一直觊觎时间机器。最近，他得知露已研制出时间机器，逼露把它交出来，但露一言不发。老奸巨猾的李德安猜出机器在飚手中，便用电话通知了飚。飚当即赶来。李德安指给飚看，露在1千米外的摩天大楼，只要飚交出机器，他们就放了露。飚意识到时间机器不能落入李德安这样的恶人手中。他悄悄地按动了时间机器的开关。

奇迹发生了，在一瞬间，飚击倒了李德安的爪牙，又冲到1千米外的大楼上，救出了露。飚对露说："我把机器调到了极限，为自己加速，达到1万倍。"话音刚落，超载的时间机器爆炸了，飚淹没在耀眼的白光中。

3天后，中国与意大利决赛，以4：2打败意大利，获得世界杯赛冠军。

《科幻世界》，1998年第9期，庄秀福改编

爱度计

刘 贲

林太太在报上看到一条关于“爱度计”的广告：这只像手表一样的仪器叫“爱情程度显示计”，简称“爱度计”。它里面装有极精密的电子元件，当某人和恋人在一起时，他的“爱度计”中的装置会自动滤取对方脑电波中“爱”的信号，并测量其血压变动及体内各种激素分泌等情况，然后进行复杂的运算处理，最后用指针显示出来。林太太年轻时吃过男人的亏，便买了一只“爱度计”，给女儿婷戴在手腕上。

几个月后，婷认识了一个帅气的男孩洋，两人很快热恋起来。一次，洋邀请婷参加他家的一个家庭舞会。夜已深了，客人均离去，只剩他们两人踱着舞步。洋说：“婷，这么晚了，你能否不回去？”，婷悄悄看了一下腕上的“爱度计”，指针指在6与7之间，这是表示性爱。婷心中想：“他对我只有性爱！”于是，她推开洋的手臂，飞快离开洋家。

不久，婷认识了华，华很喜欢婷。一天晚上，他们单独在一起，说着悄悄话。婷乘华不注意，看了一下“爱度计”，指在9.9处，这是表示挚爱。婷很高兴：“他很爱我。”

这时，有一个妩媚的少女路过，华看了她一眼，婷发现“爱度计”指针降到9.8处。婷问：“这姑娘很漂亮吧？”华不知这是何意，没有回答。婷又看了看“爱度计”，降到了9.7处，又下降了0.1。婷生气地离开华，独自回家了。

华回到家中，脑袋里一团雾水，不知什么地方得罪了婷。华心不在焉地翻着报纸，看到了关于“爱度计”的广告……

第二天，婷来电话，约华晚上见面。华如约而至。婷打扮得楚楚动人，两人对昨晚的事只字不提。华讲了一个关于爱情的故事，讲到动人之处，华拉上了婷的手，婷就势投入华的怀中。无意间，婷瞄了一下“爱度计”，指针趴在4.3的刻度上，这是代表友情。婷感到血液凝固了：“难道他对我只剩下友情，他不爱我了？”

婷的变化吓了华一跳，他也将目光移向自己的手腕，脸一下子变得苍白。他用怪异的眼光看着婷：“你……你……”没等他说完脸上挨了一记巴掌。

婷忘了自己是怎么回的家。大约1年后，婷看到报纸上关于“爱度计”的广告，广告下方还有两行粗重的字：“注意！恋人双方请勿同时佩戴本产品。否则会发生信号干扰，指针都会卡在4.3的刻度上。”

在都市的另一个地方，华也在读着这段文字……

《科幻世界》，1998年第7期，庄秀福改编

双　星

刘　婕

一天，陆天鸣警官带着弱智1号、一林等人，来到一座呈异常情况的小山丘察看。一林用具有透视功能的双眼观察后说：“它的内部在不断升温、膨胀。另外山丘的面积也在增大。”能预知未来的弱智1号听到“山丘”两字时，惊恐地说道：“不是重生，就是灭亡。”听了弱智1号的话，陆天鸣赶紧去找地球部的负责人方石，告知他们近期内将会有大的灾难。而方石他们认为那只是一般的地壳变动，并无异常。

几天后，方石突然来找陆天鸣，紧张地说道："我们快没有时间了，地球正在发生裂变。"陆天鸣有些吃惊，追问道："为什么？"方石带着几分悔恨说道："这是我们的错。3018年地心已因为全球性的核污染而产生过波动，后来终于禁止了核试验。可近几年，我们地球部不甘心，又做了一次核试验。没想到这次真正触动了地心，地球开始膨胀裂变了。目前，它正面临两种命运：或是爆炸，或是分裂成为两个星球。我们正在努力。"

接下来的日子里，科学家想方设法给地心服用"镇静剂"，使它保持在不会爆炸的范围内。据预测，地球将分裂出一个为原地球1／6的球体，将成为地球的第二颗卫星。为此，人们必须从山丘旁几千米的地方搬迁，然后在山丘底部与地球球面接合处装上大气再造仪，在地球分裂后调节新星球的大气和温度。同时在山丘中心装上一个动力泵，便于新星球顺利脱离地球引力，准确到达预定轨道……地球的分裂工作正在有条不紊地进行着，形势也在不断好转。

3039年5月7日——一个值得纪念的日子。人们聚精会神地听着广播："地球分裂准备工作完毕！"大家都屏住了呼吸，当听到广播里传来"地卫1号已顺利进入轨道！一切正常"时，人们都松了一口气，全球欢庆。

从此，太阳系中，地球旁多了一颗小小的蓝色卫星。一大一小两颗星，在深邃的宇宙中相互映照着，十分美丽。

《少年科学》，1998年第4期，刘佩菊改编

高塔下的小镇

刘维佳

一天的劳动结束了，我回家休息。待麦收之后，商队会按时而来，那时我们可用富余的麦子和上一年用余粮酿的酒，与商队交换所需的物品，如布匹、奶酪、药品等。在我们这个小镇，男人忙农活，女人做家务。这种忙碌却自给自足的生活已持续300多年了。

小镇的中央有一座100多米高的白塔，它是300多年前我们的祖先修建的。当年，祖先们认定，世界性的毁灭战争不可避免，于是选中了这片土地，修筑了藏身之处。高塔屹立在小镇，使我们在乱世之中安全地生存下来了。这是因为在高塔之顶有一台能摧毁一切的制造死亡之光的机器，还有一双昼夜观察、监视四周的眼睛。高塔的使命很简单：以塔基为圆心，方圆半径5千米以内为禁区，外来者进入即杀，高塔的威名如今已远扬四方。以前曾有一些人试图跨越禁区，结果无一例外地被死光劈杀。

吃过晚饭，我去找水晶。水晶是个漂亮的姑娘，我深深爱着她，欲娶她为妻。我走向年轻人常去的果树林，刚走近林边，便听见望月在发表演说。望月可以说是全镇年轻人的首领，是个天生不安分的人。他常在林中举办演讲会，宣扬一个异常危险的思想：我们应该跨越那道“生死线”，到外面的世界去。现在，我听见望月在讲：“……高塔总有一天将不能保护我们，那时将是我们的末日。时间无比珍贵，我们应该马上行动。我们先要在平原站稳脚跟，然后发展壮大，建立军队，向外扩张……”

我是个安分守己的人，反对望月等人的胡言乱语，可是水晶挺相信望月的话。我把水晶从人群中拉出来，小心地问：“你们到底为什么要离开镇子呢？”水晶说：“因为它不进化，我们的镇子里没有希望，没有未来。”

麦收后，商队来了。他们带来一个坏消息：北方的“黑鹰”部落由于遭遇罕见的旱灾，整个部落有组织地南下，准备以劫掠来渡过难关。他们已荡平两个村庄，下一个目标是我们的小镇。

13天后，“黑鹰”部落终于来了，他们在镇外驻扎下来。镇长下令，全镇成年男子全部自备武器前往各家的果林区，守住防线。

“黑鹰”部落发起了一次又一次的进攻，但他们全被高塔发出的死光劈死在“生死线”外。最后，幸存者只得撤走。

此后，小镇又恢复了原来的生活节奏。只是我感到原来的欢乐没有了，望月不再举办演讲会，这场大屠杀击碎了年轻人不切实际的幻想。我们又回到了300年来的生命轨道。

出乎意料的是，水晶来找我，她说，她决定离开小镇：“从表面看，小镇似乎很完美，但是我们失去了另一些东西，那就是未来和希望。我们与世隔绝，世界也就抛弃了我们。在这镇子里，我们的生命形同一堆堆石块，这样的生活有何幸福可言？”

终于，水晶走了。她离开我们，离开这镇子远去了。

《科幻世界》，1998年第12期，庄秀福改编

失踪的猿人

刘兴诗

于松捧起一个原始人的头盖骨，对黄蓓说：“它保存得非常完整，正是我们要找的标本。”黄蓓问：“你真想用它复制一个原始人吗？”

于松说：“是的。”

就这样，利用头盖骨化石中的DNA分子，他们在实验里复制了一个原始人。

他苏醒了，于松和黄蓓退出了房间。留给原始人的是一个有铁栏杆窗户的、匣子似的空屋。

第二天，于松推醒正在旁边打盹儿的黄蓓，发现关原始人的屋子空空的，窗户上的铁条被拉弯了，原始人逃走了。

正在他们急得不知怎么办才好时，黄蓓忽然发现墙上多了一幅奇怪的壁画，画的是一弯月牙儿和一只倒在地上流血的鹿。显然是原始人画的。

他们没有来得及弄清画的意思，因为眼下最要紧的是尽快找到这个失踪的原始人。

所有的信息都反馈到了公安局长的面前。他抓起电话，指挥全城警察一起行动。于松认为，追查的线索应该是壁画上的那只鹿。于是警察、于松和黄蓓赶到了动物园。果真在鹿苑里发现了一头被杀死的公鹿。

动物园决定马上关闭。他们乘车来到猛兽区，在丛林中发现一只倒在血泊中的雄狮，致命的原因竟是一支用硬木树枝做的箭。令人吃惊的是，箭杆上竟绑着燧石箭镞。这除了那个神秘的原始人，还会是谁干的呢？

警长带领警察冲进树林，瞧见树上有人影。仔细一看，不是人，是黑猩猩。奇怪，这里是嗜肉的猛兽区，黑猩猩等素食动物和猛兽区是隔离的，黑猩猩是怎么来的？

林中传来一阵吼叫，不知从哪儿钻出来一大群黑猩猩。警察正要冲上去，忽然射来一支箭。“原始人！”人们喊叫起来，看来这群猩猩都是这个原始人鼓动而来的。

人们追到树下，原始人喊叫了一声，于是所有的黑猩猩都消失了。天黑了，它们竟趁着夜色，和原始人一起翻墙逃出了动物园。

这样，城里就大乱了。市长准备全市戒严，动员全体警力追捕。于松一想，不能与原始人和黑猩猩为敌，他请求单独去把原始人带回来。

他披上兽皮，扮成一个原始人，模仿原始人的叫声，满城呼喊着。在市中心草坪边的长椅上，他看到一个大个子，头上压着草帽，身上却披着一件女式风衣。于松走近一看，他身边放着一张树枝弓，还有几支箭。于松明白了，是那个原始人，他走过去，叫了一声，原始人也回了一声，然后紧紧地把于松搂在怀里。于松明白了，原始人也渴望友谊，他发现了自己的同类，真有他乡遇故知的

感觉。

于松拉着原始人慢慢往前走，柔声柔气地安慰他："老伙计，明天我就送你回山林里。"

《我们爱科学》，1998年第1–4期，余爽改编

插班生

刘　阳

"我明天就要走了。"插班生回过头来，小声说。"你才来一星期就要走？"我有点儿不舍，插班生是个可爱的女孩儿。接着，她要我帮她的忙，说服她爸爸，别逼她学钢琴。但我连她爸爸都未见过，怎么帮忙呢。不过，我还是答应试试。

放学后，插班生带我离开市区，来到一个人迹罕至的山谷。过了一会儿，天空中传来"嗡嗡"的响声。我抬头一看，只见一个两头尖尖、肚皮圆圆的怪东西从天而降，从里边走出一个长着络腮胡的大汉。插班生迎上去："爸爸，您来了。妈妈好吗？"络腮胡答："很好。她挺想你。"

女孩儿说："爸爸，我求您一件事。回去后，我可不可以不学钢琴？"络腮胡的脸色一下子沉了下来："那怎么行？"

女孩儿求援似地往我这边看。这时络腮胡才发现旁边还有个人，他很吃惊，忙问女孩儿："他是谁？"女孩儿不敢吱声。络腮胡咆哮起来："你太不像话了！我为了迁就你，用'时间飞梭'送你到过去的时间里来，我顶住了多大压力！现在你还带个人来，连'时间飞梭'都被他看到了，你这样已经违反《时间管理条例》了……"

女孩儿可怜巴巴地说："可是，你不是时间管理局局长吗？"络

腮胡说："局长也得遵守规定啊！好了，这次算了。现在我要给他洗脑。"说完，他拔出一支手枪样的东西，朝我走来。

我已经从惊诧中透过气来，明白了是怎么回事，知道他们是未来人。但未来人也不能这么霸道，动不动就给人洗脑，我准备自卫。

"不！爸爸，不可以！"女孩儿拉住他爸爸，"难道你连自己的过去，都没认出来吗？""什么？"我和络腮胡都吃了一惊。"其实，你们是相距30年的同一个人。我来时看到过你的简历。"

我很吃惊：30年后我是个络腮胡？不过将来有这么个可爱的女儿，倒是不错。络腮胡收起了"枪"，问女孩儿："你把30年前的我请来干吗？"

我对他说："她让我劝你，别逼她学钢琴。"不料，他一口拒绝："不行，她一定得学钢琴。"我想一下，说："请问，你现在是美术家吗？"络腮胡被我问得莫名其妙："不是啊。"

我说："这就对了。现在我妈妈正逼我学美术，她希望我成为美术家。但你，即将来的我并不是美术家。由此可见，强迫孩子学他们并不感兴趣的东西是不明智的。"络腮胡思索了一阵，说："你说得有道理，我以前没想到过这些。好了，我的孩子，我不逼你学钢琴了。"他又对我说："现在你已经知道你将来是时间管理局局长，但是，你得记住，不要因此而不求上进，不要因为我们的到来而改变了你的生活。"我说："我记住了。"

"时间飞梭"在我眼前消失了。

《科幻世界》，1998年第12期，庄秀福改编

封印之地

吕　昆

在浩瀚的宇宙中有个叫卡恩斯的星球，星球上有个“门罗集团”。总裁布雷恩是个野心家，他妄想有朝一日能成为星球的霸主。

集团的天才博士宝条向布雷恩提出了研制“生化人”武器的计划，布雷恩大加赞赏，并指派助手艾尔文到各地探查收集能量。艾尔文来到克利镇，在镇上建造了炼能炉。不久，炼能炉意外爆炸，艾尔文为逃避责任，硬说是镇上居民搞破坏，与“门罗”作对。布雷恩大怒，下令屠杀镇上居民，只有镇长巴瑞特一人逃生。

家破人亡的巴瑞特与“门罗”结下了深仇大恨，组织了以推翻“门罗”为目标的反抗组织，有个叫雷诺斯的金发少年是他最得力的助手。一次，雷诺斯离开据点外出，在街上遇到一位卖花的姑娘，两人一见钟情。经交谈，得知这姑娘叫克莉丝，是瓦兰多族女族长的千金。“门罗”研制的“生化人”是用人类基因与人造基因合成的，其中灵能力是“生化人”所必需的。瓦兰多族人拥有最优秀的灵能力，他们的灵能力的源泉来自神秘的“封印之地”，这“封印之地”的秘密只有女族长克利丝的母亲才掌握。布雷恩威逼她说出其中的奥秘，遭到拒绝后，“门罗”便对瓦兰多人残酷杀戮。女族长在临死之前把“封印之地”的秘密告诉了克莉丝。

雷诺斯在克莉丝陪伴下回到据点，据点已遭毁，巴瑞特失踪。经克莉丝用心灵感测，知道巴瑞特被艾尔文抓走，关押在某处。雷诺斯和克莉丝赶到巴瑞特的关押处，发现他已被艾尔文折磨致死。雷诺斯义愤填膺，挥起激光剑，杀死了艾尔文，但他和克莉丝被“门罗”抓获。

博士宝条劝雷诺斯投降，要用雷诺斯的基因，加上克莉丝的灵能力，制造出最厉害的“生化人”武器，共霸天下，遭到雷诺斯的痛骂。

克莉丝被软禁在一个特殊的房间里，有个叫马林的人同情克莉丝，他偷偷释放了她和雷诺斯。克莉丝和雷诺斯来到“封印之地”，克莉丝打开“封印之地”的大门，看到了另一个截然不同的世界，到处充满着奇异的灵能量。

追踪而来的布雷恩和博士见此情景大喜。布雷恩叫嚣：“整个星球都属于我的了！”猛然间，一团白光笼住了布雷恩，是克莉丝用自己的灵能力配合“封印之地”的巨大能量，消灭了这个独裁者。为虎作伥的宝条也被雷诺斯斩于剑下。

《聪明泉》，1998年第3期，庄秀福改编

霍克的忏悔

吕　昆

光速星际考察船“尼克”号，载着全体船员和丰富的考察成果向地球返航。驾驶舱里空无一人，忽然，“轰”的一声巨响，“尼克”号摇晃起来。瞬间，主电脑打开了紧急处理程序，开始将利用冷冻技术沉睡的船员解冻。首先醒来的是女船员拉娜，她听到最底层的货舱传来撞击声，便走了过去。一股力量从舱内冲出，仿佛有一只无形生物呼啸而过，金属地板印上了一个个凹坑。

拉娜不由得惊呆了，难道是外星人光顾？拉娜迅速接通了一个叫洪武的船员的终端，从显示屏上看见洪武已死于无形生物之手。

拉娜在抽屉里搜寻，找到一只生命探测器和一支电光枪，她把探测器戴在右耳上。生命探测器是专为星际探险者所设计，能感

应各种生物，并能根据生物发出蜂鸣声的音量，测出这种生物的远近。

此刻，拉娜想起了心上人霍克，她朝他的房间赶去。中途，生命探测器骤响，刹那间，那无形恶魔扑向拉娜。万分危急之下，拉娜扣动了电光枪，那怪物发出一声尖叫，拉娜也晕了过去。迷迷糊糊中，她感到什么东西侵入自己体内。拉娜醒后，走进健康测试间，检查结果表明，她体内正孕育着一个非人类的后代！这时霍克来了，拉娜向他讲述了刚才发生的事。不一会儿，从后舱传来霍克绝望的呐喊：“都是我的错，是我害死了洪武！我对不起地球！”

拉娜冲进后舱，见霍克自尽了。拉娜泣不成声：“为什么，为什么？”在霍克的电子笔记中，拉娜找到了答案：“……国家军事总指挥接见了我，要我为他们从FTD—13星球捕获一只无形的外星生物。该生物系无性繁殖，不久世界将在他繁衍的后代的掌握中，我也将名垂千古……”

“不，绝不能让异形生物回到地球，落入那些野心家手中！”拉娜接通了总部的无线电话，报告了飞船发生的一切，并说为了不让异形生物的后代毁掉地球，她决定引爆飞船。电子屏幕显示出字幕：不要，拉娜，千万不要！

拉娜义无反顾地开启了自动引爆装置，倒计时开始了：10、9、8……

《聪明泉》，1998年第5期，庄秀福改编

该死的口红

律　己

S小姐是个丑陋的女子。臃肿的身体，毫无特色的脸蛋，她感到十分沮丧。一天，她在电视里看到一条广告：某公司最近研制出一种E—180口红，男女均可使用，涂在双唇上。会有意想不到的变化。

S小姐马上来到商场，买了一支E—180号口红。她被告知：“这口红要在独自一人的情况下使用，它的有效时间可持续12个小时，晚上12点准时失效。”

S小姐回到家中，对着镜子小心涂上口红。霎时，她周身发出了七彩光晕，身体变得苗条了，脸颊泛起红晕，眼睛也变得明亮而美丽，两片香唇更是闪烁着诱人的光辉。S小姐陶醉了。

“到我以前从不敢去的地方！”S小姐兴奋地想着，踏入一家迪

斯科舞厅。现在的S小姐有着玲珑的身段，媚人的笑靥，众男士一见到她，纷纷殷勤地请她跳舞。哇！真是开心死了。S小姐在休息时，一位风度翩翩的男士坐到她身旁。她一看：多么英俊潇洒的一位“白马王子”。两人互通姓名，便天南地北地神侃起来，越谈越投机。接着，他们跳了舞，又共进晚餐，并订好明天约会的时间：中午12点。

忽然，男士看了看手表，着急地说：“对不起，我要上洗手间。”便匆匆离去。S小姐也下意识地看了看手表——还有1分钟就是午夜12点了。她慌慌张张地跑出饭店，回到家中。

第二天，S小姐精心打扮一番，到11点45分再涂上口红。来到舞厅，男士果然如期而来。男士对昨天的匆匆离去表示歉意。S小姐也暗暗庆幸对方没见到自己12点以后的惨相。

一星期过去了，这对恋人如胶似漆。他们没有发现，周围的美女、俊男越来越多了。两星期过去了，阳光下的地球，已完全是靓女、帅哥们的世界。

1个月过去了，一群外星入侵者不费吹灰之力占领了地球。S小姐和她的白马王子与所有的地球人一样，全都成了俘虏。因为外星人入侵时是一个黑夜——此时所有的地球人都羞于暴露真面目的丑陋而龟缩在家中。当然，还有小部分人正泡在宾馆、酒吧里……

在地球人集中营里，S小姐偷眼看了看白马王子，发现原来他是个丑陋不堪的糟老头子。老头子淡然地瞟一眼同样丑陋的S小姐，苦笑了一声：“我们都不该用那该死的口红。”

《科幻世界》，1998年第9期，庄秀福改编

我和他

宁 豪

再过一个星期又是该死的期末考试了。我决定去人体复制公司“租”一个“我”来，让他替我背这些毫无趣味的东西。

现代科技的发展速度实在太快了。从上世纪末第一只克隆羊问世到现在，短短几十年，人类就掌握了生物复制的各种技术。现在对于人体的复制已经是真正意义上的复制：复制人和本人不仅相貌、身体一模一样，而且性情、习惯、思想也毫无二致。唯一的区别是复制人的后脑部有一块金属片，这主要是为了监视、回收复制人之用，以免造成混乱。人体复制公司会根据顾客要求，及时回收复制人。

服务员检查、登记我的证件后，从我头上取走半根头发，让我坐着等候。过了半个小时，我的复制人已活生生地站在我眼前了，看到我时，他说：“走，回家吧。”他居然首先对我发话。他一定把自己当成了主体，太有趣了。我干脆就由他领着，往家里走去。

一到家，我就要给他布置任务，没想到他又抢先了一步，说：“你每天的任务就是学习。”他居然把自己当成真人了，这还得了！我赶紧纠正：“应该是你每天学习。”他马上截住我的话头：“你不要以为自己是真人，你只是我的复制品，等7天以后公司来回收你时就会明白的。”

我想，他认定自己是真人，再解释也没用。复制前怎么没有考虑到这一点呢，看来是白复制了。我只能“自力更生”，拿出书看了起来。

他每天一边玩儿一边催我学习。我有时想，每天让一个复制人管着，这太可笑了。后来又一想，他只有7天的生命，当他明白自己是复制人的时候，不知会有多么痛苦。7天很快过去了，这几天有他的督促，我学得认真，考试自然很顺利，我回家告诉他时，他连说“谢谢”。

傍晚，人体复制公司来了两个人，他们架起我就往外走。我想他们一定是弄错了，连连说：“错了！错了！”其中的一人毫无表情地对我说：“住嘴，摸一下你的后脑。”

我连忙把手伸向后脑。天啊！手指触到了一块光滑而冰凉的金属……

《科幻世界》，1998年第4期，庄秀福改编

遗忘的代价

沈建响

莫舟又做了那个梦：阿雪倚着欧阳剑走在草地上，莫舟跟着他们。阿雪止步，回过头对他说：“你这个懦夫！你太自卑了，自卑得连爱我的勇气都没有！”他掏出枪，扣动了扳机，阿雪无声地倒下。莫舟惊恐地从床上坐起，满身大汗。

匆匆吃完早点，莫舟赶到公司。一进门，老板把一叠材料砸在他脸上，又出了差错。老板解雇了他。莫舟走出公司，来到好友大亚的私人诊所。莫舟把他的遭遇对大亚说了一遍。

莫舟要忘掉阿雪。大亚说，用他发明的仪器可以抹除短时记忆、长时记忆、稳固记忆。莫舟决意要除去大脑中一个深爱着的人的记忆。大亚递给他一杯饮料，望着显示屏，三维画面中出现一块亮区，大亚按下一个红色按钮。莫舟拿起饮料刚想喝，手一抖，水杯滑落，无色液体流进仪表缝隙，仪表指针乱晃。大亚被这突如其来的灾难惊呆了，竟忘了切断电源。莫舟失去了知觉。

莫舟醒来时，大亚正关切地注视着他，他又想到了阿雪。大亚告诉他，手术失败了。由于手术发生意外，梦境记忆成了稳固记忆，使人以为梦境是真的，要他思想有准备，要有巨大的克制力。

莫舟回家后，没有把大亚的话放在心上。他重新找到了一份工作，像往常一样，想着他的阿雪。以前，他每周做一次噩梦，后来3天做一次。终于，一个周末，莫舟散心时，发现阿雪倚着欧阳剑走在前面。他一阵目眩，再看眼前时，发现阿雪并不存在。这种事情发生的频率越来越高，直到一天，莫舟看到地上被自己击碎的巨幅阿雪活动影像时，他决定采取措施。莫舟再次来到大亚的诊所，要求再做一次手术。大亚说，稳固记忆的记忆痕迹分布于整个大脑，做了手术会失去全部记忆。莫舟说：不会后悔。

3个月后，市中心广场。一个女孩儿推着一辆轮椅，轮椅上坐着一个目光呆滞的人。女孩儿对轮椅上的人说："阿舟，虽然你忘了我，但你付出的代价太大了！"

《知识就是力量》，1998年第10期，方人改编

未来之家

舒明武

今天是周末，阿宝、红红和大明一起乘坐有轮子的房屋到乡下外婆家去。

红红刚睡醒，走出没有床的卧室，进了盥洗间好一阵梳洗。原来，红红是在无重力的状态下飘浮在空间入睡的。这样，她能获得极充分的休息。这会儿，红红走进几乎空无一物的饭厅，一按墙边的电钮，天花板静静地敞开了，一套能随意升降的悬桌和悬椅落了下来。早餐非常丰盛，有各种变异细菌合成的蛋白质食品，还有青

草做成的点心。

整个上午大明都忙忙碌碌，他在互联网上为外国一家公司工作。他刚给一家工厂发出电子订货单，就接到了上司催货的电话。只见他按动戴在手上的腕表型电话的按钮，便和大洋彼岸的上司开始谈话。

快中午的时候，阿宝他们到了外婆家。外婆家的花园里有各种植物，一些人工植物是阿宝他妈在母亲节时送给外婆的礼物。这些花草可以在电脑程序的指挥下根据时辰、季节变换颜色，它们形态娇美生动，足以乱真。

不过，最吸引阿宝的还是外婆家那些“聪明”的家具。每一件声控桌椅、器具都十分听话，叫它朝东绝不朝西，叫它打开就不会合上。像外婆这样的老人，就能得到最体贴的照料。

现在，红红穿上防暑外衣到海滨去潜水了。这种衣服的面料只允许适宜人体温度的气流透过，不仅能防热，而且可以御寒，还兼有防晒功能。

夜幕降临了。疲惫不堪的大明取出一本古老的书，把它放在一只电眼前，然后他一按电钮便倒在沙发里。朗读机里传来柔和悦耳的诗句，这真是一个全身心都得到放松的时刻。

这时，阿宝和外婆的花斑狗在月光下散步，靠着语译器，他们在交谈。花斑狗告诉阿宝，村子附近新开辟了一大块人造草坪作风景点。它有真草的色彩和质地，保养起来很容易，可是羊儿却不屑一顾。因为它既不好闻又不能吃，只能蒙一蒙你们这些城里的“土包子”。

《少年科学画报》，1998年第7~8期，肖明改编

未来城

舒明武

一个崭新的军种——天军出现了。这些装备有高能激光和粒子束武器的航天舰队，驾驶着航天母舰在宇宙间巡游，并负责运输、侦察和随时制止纠纷等任务。

大华是天军C舰队的舰长。作为一名中国籍军人，今天他光荣地接受联合总部下达的特别任务：负责月球城建城周年庆祝活动的保安。这会儿，他正率领他的机器人部下赶赴月球城值勤。

这一天，月球城有100万人进入航天航线，漫步于星际大桥上，

共同欢庆建城周年纪念日。由于人的体重只有地球上的1／6，在这里，人们外出很少坐车，而喜欢穿各种奇妙的鸟形服。不穿鸟形服而脚蹬月球鞋、健步如飞的人，也随处可见。

此情此景使大华想起率部下参加月球城创建工作的情形。那时，月球居民只不过1万人。为了解决能源问题，他们协助科学家在地月之间用激光建造起数根长长的输气管，将空气源源不断地输送到月球的居民点上。而如药丸般大小的太阳能胶粒，就是由他的C舰队第一次送到月球上供人们利用的。从此以后，人们再也不会为能源紧张而发愁了。

在假日里，往返于地月之间的激光火箭客机，承担了运送月球与地球的居民度假的任务。这种客机飞行所需的能量完全由地面的激光器供给。

这时，月球城的庆祝仪式开始了。大华的随身电脑自动打开，立即展现出一幅幅月球城传送给世界各地的周年纪念节目的画面！城市里全年气候宜人，没有自然灾害，昼夜可以自由调节；农业收成稳定，四季丰收；在无重力工厂里，生产着地球上无法生产的高质高效工业用品和作用奇妙的药物；在医院里，患者在失重状态下接受治疗，血压失调、皮肤烧伤等的疗效非凡……最后是月球城市民代表的致词和联合总部代表的贺词。与此同时，月球城内的欢庆活动达到了高潮。

一天的保安工作虽然艰巨、紧张和枯燥，但大华的机器人部下却完成得分外出色，保证了庆祝活动安全、有序、圆满地进行……

《少年科学画报》，1998年第7~8期，肖明改编

双重人生

宋　释

大专毕业后，我到处找工作，一年半里干过7种职业。人才市场是我最常去的地方，这次我已等了1个月，早已囊中羞涩了。

16个月前，各国许多大企业响应电脑公司的倡议，联手投资在网上建立了一个游戏节目——“真实世界”。进入“真实世界”的每个人都要为自己设计一张脸，再选择一个身体，系统把人的三维图形存入资料库。一个人在“真实世界”里只能有一个身份，如被除名，不能再次进入。你可以用键盘、鼠标和传感器，使“真实世界”里的自己去做任何事情。

1年前，我用所有积蓄买了一台电脑，只身进入“真实世界”，开创了自己的一片天地，成为一家人才市场的老板。

“真实世界”

下午，一个叫小鸟的姑娘来人才市场，她惊人的美貌使我一见钟情。我约她晚上喝咖啡，她应约而至。我们喝完咖啡之后，又到电子娱乐世界玩儿，最后开车到海边看风景。临别时，我约她明天到现实世界中的网络咖啡屋见面。

现实世界

我向朋友借了500元钱，在网络咖啡屋与小鸟见了面。她真名叫凌燕，现实世界中的她还是那样漂亮。我向她谈了自己大学毕业后的经历，她认为我的经历曲折，但很有志气。

过了几天，我路过一家大商厦，见到凌燕和一个男子在一起。凌燕介绍，那人叫齐不凡，是她的男友，华丰公司的经理。我一下子想起来了，在“真实世界”中这家伙叫麦可齐，曾到人才市场找

工作，我尚未给他介绍工作呢。

“真实世界”

坐在办公桌前，我静不下心。麦可齐居然抢走了我的女友，在现实世界中我无能为力，但在“真实世界”中我必须维护我的尊严。

我作为人才市场的老板，屈尊请麦可齐喝酒。我知道饮酒过量会让人干蠢事。我劝麦可齐喝酒，并对他说，我已为他在博物馆找到一份工作，要他马上去应聘。临行时，又让他饮了3杯，我用车把他送到博物馆门口。第二天，我从报上得知，麦可齐进了博物馆，辱骂馆长并大打出手，被送到法院还在谩骂，死不悔改，终于被判死刑——永远逐出“真实世界”。

现实世界

不知不觉新年将临。我打开电脑准备进入“真实世界”，屏幕上出现两行字：新规则——任何人不能把“真实世界”中的人和事同现实世界相关联，违者必须丧失在其中一个世界的生存权利。

“真实世界”

我在办公室喝着茶，已成为我的秘书的小鸟送来一封信，是法院的传票。上面写道：法院经调查，怀疑人才市场经理犯有利用尚未成熟的内部技术从事谋杀的罪名，限3日内到法院接受审理，否则视为承认。

哦，天啊！

《科幻世界》，1998第8期，庄秀福改编

渐近线

谭　剑

人类的历史书越来越厚，但人类各项运动成绩却已经叫人惊讶地迫近极限的边缘：即使是顶级的运动员，在花费了九牛二虎之力后，还是无法变动先前的运动纪录。运动科学家用数学上的“渐近线”来称呼这种现象。

为了刺激市场，什么古怪的法子都出笼了：服禁药、找几乎可乱真的机械人（或复制人）冒充真人，或者利用时间本质的错脱曲线等。

在“最佳体育精神公司”里，公司老板问光源教练：“阿东这小子跑得怎么样？”光源答：“现在跑得不赖了。”老板满意地点点头：“阿东是最新款的第四代华伦天奴型生化人，公司在它身上花了不少钱，对它寄予厚望。”光源恭敬地答：“我明白，老板。”

老板又说：“这最好。下个月的全日本运动会，阿东要在9.721秒里跑完100米，做得到吗？”“一定可以的。”光源说。

100米的世界纪录是9.731秒。运动学家根据人类的肌肉发达程度估计，极限是9.601秒。像阿东这类身体结构异乎寻常的生化人，要打破世界纪录实在不难，难的是怎么跑出准确的时间。如果阿东每年只把纪录提高0.01秒，那么他就可连续在田径场上称霸，“最佳体育精神公司”就可每年都赚一笔大钱。

在运动场上，光源教练对阿东进行严格的训练。每天，打印机吐出几页印满数据的报表，光源如着魔般地研究，不断改进训练方法，阿东跑得越来越好了。

转眼终于到了比赛那天。由于“最佳体育精神公司”放出消息说阿东会破纪录，门票被黄牛炒贵了几倍。各种地上地下的赌博公司也欢迎大家踊跃下注。

100米决赛开始了。第一线是红孩儿，第二线是金丝猫，第三线是雷老虎，第四线是阿东……发令枪一响，运动员如离弦之箭向前冲去。阿东起跑十分快，只用了0.03秒，一刹那间已是30米。最终，阿东以9.721秒获得冠军，打破了世界纪录，成绩提高了0.01秒。

“最佳体育精神公司”老板的脸上，露出了得意的笑容。

《科幻世界》，1998年第4期，庄秀福改编

机甲学堂

万　鹏

自从2150年人类发明了光子电脑机器人后，社会以几何速度向前发展着。面对越来越激烈的竞争，父母们望子成龙的心情更加迫切，“机甲学堂”便应运而生了。经不过全家人的苦劝，我转学到了B市的“机甲学堂”。

学校是一座四层楼，楼四周是花园，但校园里听不到一丝读书声。在父母陪同下，我来到校长室。校长是一台大型光子终端电脑，他向我表示欢迎。

我来到四楼的D班教室，见到一个40多岁的男教师，一看便知是一个RD——Ⅲ型机器人。我坐在座位上，周围的同学都木头般地坐着。

“下课了！”我大喊一声，准备冲出教室。环顾四周，依然是那么静，整个学校像座坟墓。同学们仍拿着书本，只用冷漠、不屑的表情看着我。我茫然不知所措，学校里难道只有学习，而不该充满生机和活力吗？

每天我都孤单寂寞。一天，我上课时思想开了小差，回答不出老师的提问，机器人老师竟用教鞭抽我。我想起，机器人有三大定律：不得以任何形式危害人类！我便反抗，大声吼叫：“你竟敢违反三大定律！”

老师说：“我是最新的教育型光子电脑机器人，早已有了独立的思想。教师么，当然可以打学生！”我喊：“同学们，机器人以暴力教学，我们可以抗争。这不是教师，是暴力机器！”但是大家一声不吭，眼中依旧只有冷漠和不屑。

我被老师拎到校长室，手脚都被扣上皮带。校长说：“××同

学，你表现不好，我不得不对你实施‘强制’教育。你看，只要戴上这幅‘学习机’，你就会变得爱学习了。看看你的同学们吧，他们多爱学习。”我看到“学习机”，便想起了木头人般的同学们，想起了他们的灰色生活。

我挣脱了皮带，向后退去。校长说：“你不想活了吗？哼，我会捉住你的。”他向我扑来。我没有选择，拉开窗户。纵身跳下……

我无力地躺在地上，浑身剧痛无比。耳边，听到机器人的脚步声渐渐近了。我想到了同学们表情，想到了校长的狰狞嘴脸；我又想到了对我充满希冀的父母，温柔的人类老师，原来学校活泼的同学，五彩的生活……我慢慢合上双眼，眼角挂着一滴冰凉的泪……

《科幻世界》，1998年第3期，庄秀福改编

新的一代

王海兵　倪　侃

《地球日报》××86年7月8日报道：著名生物学家、全球科学院生物学院士张灏杀害了亲生儿子，被判终身监禁，送到兰顿星劳改。

张灏为什么要杀死亲生儿子呢？原来，张灏在进行改良人类基因的研究。为了防止外人知道后反对，他说服了妻子，用妻子腹中的胎儿做实验。起初，胎儿发育正常，后来他发现，胎儿第8号染色体末端有一种奇怪的序列，这种序列与一种精神病基因相似。参与基因研究的世界上最大的计算机艾尔承认，这段系列是它自己加上去的。在婴儿出生后，张灏杀死了这个亲生儿子。

30年后，有一个叫于悦的人来兰顿星看望张灏。于悦今年30岁，是有史以来最年轻的地球参议院议员，他是奉了艾尔的指示来

的。于悦见了张灏，两人一番寒暄之后。张灏谈起了自己的研究。他说，他的研究是为了人类的进化，自然进化太缓慢。在技术成熟时，人类将能对基因进行设计，设计出大脑更发达、身体条件更适应环境的后代。这样就要进行许多实验，就会有失败。于悦说："我猜想，您曾拿自己的亲生儿子做实验，然后又杀了他，是因为实验失败了吧？"

老人没有否认。他又说："进行基因设计需要强大的计算机。现在的计算机已制造得太有理性了，它早晚要摆脱人类的控制。"接着，老人又问了于悦的年龄和出生地，并说要取于悦的一点儿细胞，以进行研究。于悦同意了。

晚上，于悦回到住处，有人送来一封信，是艾尔发来的。信中说张灏是极端仇视计算机的危险人物，要于悦处死他。于悦非常崇拜艾尔，决定照办。

第二天，于悦又到劳改营，正准备掏出能量枪，但张灏已早有准备。他用匕首抵住了于悦。于悦的枪落地。张灏说："我昨天检查了你的基因，肯定你是我的儿子。30年前，艾尔在你的基因中加进了绝对服从的基因，目的是培养出对它绝对服从的新一代。至多100年，艾尔就会成为主宰世界的上帝了。我发现了这一点，便要杀死你。但让艾尔抢了先，到医院掉了包，牺牲了一个无辜的生命，你却活了下来。"

听到这里，于悦绝望地闭上了眼睛。这时，机器人卫兵出现在门口。"这一定是艾尔安排的。"于悦想。他捡起了枪，张灏突然扑了上来，于悦不由自主地扣动了扳机，张灏倒下了。卫兵拘捕了于悦，于悦大叫冤枉，卫兵说："艾尔早知道你会来杀人，特派我们来拘捕你。"

于悦在监狱里，怎么也想不通这是怎么回事。后来，一位老友来看他，说近年地球上出现了20几个极杰出的青年，占据了重要的

岗位。于悦这时才明白，原来，艾尔培养了许多臣民，而他不是最优秀的，所以艾尔把他抛弃了，并借他的手，铲除了一个强大的敌人。

《科幻世界》，1998年第6期，庄秀福改编

换鼻记

王建国

李明遇上了车祸，头颅骨被撞破，经医生精心治疗，很快恢复了健康，可是他的鼻子失去了嗅觉，CT扫描发现嗅觉神经的指挥系统出了问题。

李明由于失去了灵敏的嗅觉，食欲大大减退，人也一天天消瘦。过了一个月，李明的舅舅张星来了。张星是北京一家医学研究所的研究员。他从旅行袋里拿出一包药物，对李明的爸妈说："嗅觉细胞死了会再生。一般情况下，嗅觉细胞工作一个月左右就逐个死去，新生的嗅觉细胞再从鼻腔内膜中萌生出来，接替死去的细胞。嗅觉神经还是人体唯一把末梢暴露在外的神经，是大脑直接辨别外部世界的侦察兵，而嗅觉神经细胞必须接受大脑指挥系统神经细胞的指挥。最近，我已研制出一种叫神经生长因子的生化物质，它可以神奇地使大脑神经细胞复活。"

张星的舅舅把药物交给了李明。李明试服了一个月后，嗅觉果然恢复了，又能闻到各种佳肴的美味，自然食欲大振，身体很快恢复了健康。

《聪明泉》，1998年第4期，庄秀福改编

仙牛星人后裔

王建国

杰出的作家吴亮、足球明星尚坚等步入旋转餐厅。大家不知何人邀他们来赴宴。正在这时，一位长着大脑袋的先生出现在宴会的主宾席上，他操着一口怪怪的音调说：

“女士们、先生们：我是来自遥远的银河系仙牛星的使者。请不要惊慌，我要给大家讲一个离奇而又真实的故事。100多年前，我们星球的第108号飞船载着100名仙牛星人降临地球，不幸着陆时起火，飞船烧毁，幸好人员平安无事。这100人无法返回仙牛星，只好滞留在地球。为了生活，他们改变了自己的外形和习惯，混杂在地球人中间，与地球人通婚、繁育后代。迄今，他们的后代已有数千人。今天，我受仙牛星的重托，请他们重返仙牛星，你们就是数千名后代中的一部分，是第一批被邀者……”

“难道我们是仙牛星人的后代？”餐厅内出现了一阵骚动。

“请安静，如有想法请逐个发言。”大脑袋先生说。

作家吴亮说：“我生于地球，长于地球，已在地球生活了40多年，我不愿意离开。”球星尚坚也说：“我是一名球星，地球上有我的事业，我已和地球融为一体，怎么能离开地球呢？”

大脑袋先生听后，微笑着说：“我们是请诸位回故乡游览，如果愿意留在故乡，我们热烈欢迎。如果你们愿意生活在地球，我们会送你们回来。”听了大脑袋先生的话，大家的紧张情绪消失了。

酒宴开始了，大家品尝着丰盛的仙牛星佳肴。宴会后，众人在仙牛星使者的陪同下离开餐厅，赴仙牛星游览。

《聪明泉》，1998年第6期，庄秀福改编

豹

王晋康

中航波音777客机上有3名中国乘客：中国著名体育记者费新吾、中国男子百米老冠军田延豹和田延豹的堂妹、年轻美貌的田歌。三人是到雅典观看奥运会的。

途中，一位老者主动与他们攀谈。他自我介绍，他叫谢可征，美籍华人，是一所大学的生物学教授。他的独生儿子谢豹飞将参加奥运男子百米决赛，可能会取得好成绩。

果然，不出老人所料，谢豹飞获得了男子百米冠军，并以不可思议的9.49秒创造了新的世界纪录。全场沸腾了，全世界震惊了。田歌马上打电话向谢豹飞表示祝贺，两人很快见了面，并一见倾心。谢豹飞推掉一切应酬，避开记者的追踪，终日和田歌四处游玩。

费新吾和田延豹正在旅馆看电视，接到一个匿名电话："谢可征教授一直在进行基因嵌接术的研究。他的儿子谢飞豹身上含有非洲猎豹的线粒体，所以才能跑得那么快。"听到这一消息，田延豹感到无比惊愕。但费新吾并不感到特别意外，最近他阅读了大量有关基因研究的资料，了解到近二三十年来基因工程的神奇发展，人类完全有这种能力。但对这种做法，他有一种说不清道不明的恐惧。

很快，网络中也有了同样的报道，全世界发疯了。罗马教会发言人说，他们反对克隆人，更不能容忍人兽杂交。许多国家发表谈话，表示反对谢可征的研究。

田延豹为妹妹田歌的安全担忧，便出去寻找。这时，谢可征来找费新吾。他说，那匿名电话是他打的，目的是想让外人知道他的研究成果。费新吾皱着眉头问："你认为人兽杂交是一种进步或是一种兽行？"谢可征答："科学所遵循的戒律只有一条，看你的发现是否能使人类更强、更聪明。你尽可拿这样的准则来验证我的成果。"

这时从警方突然传出消息：田歌和谢豹飞已死，田延豹被拘捕。这一消息震惊了全希腊、全世界。后来，费新吾得知，田歌这几天一直和谢豹飞在一起，两人相亲相爱。昨夜，谢豹飞突发野性，强暴了田歌，并将其咬死。警察接到报案后，拘捕了谢豹飞。田延豹得悉后，极为气愤，当着警察的面掐死了谢豹飞。

对田延豹的审判吸引了各国媒体。著名律师雅库里斯为田延豹辩护。控辩双方对田延豹掐死谢豹飞的事实没有异议，但律师提出一个十分关键的问题："谢豹飞是不是一个人？"法官无法判定。谢可征教授以证人的身份发言，他详细阐述了自己所从事的基因嵌接术研究的目的和意义。最后，他说："我的证言是，谢豹飞不能归属自然人类的范畴，他属于新人类。田延豹先生可以无罪释放。"

法官与陪审团研究后，宣布："在没有认定谢豹飞作为'人'的法律身份之前，被告田延豹无罪释放。"

庭后，有记者问谢可征，是否还继续基因嵌接术的研究，教授斩钉截铁地答："当然！"

《科幻世界》，1998年第6、7期，庄秀福改编

太空雕像

王晋康

太空旅游学院的两名学生到一颗小行星旅游，看到小行星表面有一组雕像，感到十分好奇。定居在小行星上的女主人徐放向他们介绍了这组雕像的来历。

15年前，我和你们一样年轻。那天我到太空运输公司报到，看到一名叫玛格丽特的白人老妇，约有70岁，她交给公司一个小巧的集装箱。船长索罗告诉我，她的丈夫李太炎定居在太空轨道，集装箱里是她为丈夫准备的食品，由公司为她送去。

3天后，我们的X—33B型航天飞机离开地球，去水星运送矿物。玛格丽特的集装箱已放在摩托艇里，摩托艇则藏在飞机腹中。7个小时后，船长说目的地到了。他派我把小集装箱给李太炎送去，等航天飞机从水星返回时，他们再来接我。

我驾着太空摩托艇来到一颗小行星，见到了李太炎。他十分瘦弱，皮包着骨头，双腿肌肉已经萎缩了。40年来，他独自一人生活在太空轨道上，从事捕捉太空垃圾的工作。李先生告诉我，他做太空清道夫工作没有任何报酬，他和妻子已为此奋斗了几十年。由此我对他们产生了深深的敬意。

第3天，航天飞机返航。我告别了李太炎，飞回地球。

1个月后，我来到北京郊外李太炎的家中。玛格丽特热情地接待了我。在与她的交谈中，我得知她和李先生原是北京大学的学生，40年前报上一篇题为《太空垃圾威胁人类安全》的文章，使李先生立志投身于清理太空垃圾的工作。玛格丽特全力支持丈夫，倾尽自己在英国的全部财产，建造了一辆昂贵的太空清道车，以后一贫如洗。李先生一直待在太空，从未返回过地球，玛格丽特则承担了全部后勤保障。李家的院子里有座垃圾山，玛格丽特说："这是40年来太炎从太空中捡来的，共计1298吨。要是这些垃圾还在太空中横冲直撞，会造成多大的损害？"

在这座垃圾山前，我的心灵被彻底净化了。我决心尽自己的力量帮助他们。

半年后，玛格丽特因病不治去世，我就承担了李先生的后勤工作。不久，我听说地球轨道管理局要建造太空扫雷艇，以取代那辆陈旧的太空清道车。这样，李先生将无事可做了，但由于李先生几十年来一直生活在太空，所以身体已不适应地球的生活，不能返回地面。我决定到太空去，照顾李先生度过余生。

我来到小行星上陪伴李先生。两年后，他去世了。为了纪念李太炎夫妇对太空环保的杰出贡献，我用激光枪在这颗小行星上刻下了他们的雕像。

《科幻世界》，1998年第4期，庄秀福改编

四重奏身衣

王晋康

小龙来到美国，在舅舅吴中这儿过暑假。吴中是有名的虚拟技术科学家，在他负责的B基地实验室里，虚拟技术已经发展到了神奇的地步。在那里，穿上一种用碳纳米管和银丝混织而成的VR紧身衣，你几乎无法判定自己是不是在虚拟世界里。

小龙却摇头说："我不信，再逼真的虚拟环境，我也能找出它的漏洞！"

舅舅神秘地笑道："要不，你试试向我的虚拟技术挑战？只要连闯三关，就发你奖金。"

小龙性急地问："什么时候去？"

"现在就去。"舅舅指着女儿贝蒂对小龙说，"咱们一起去。"

一小时后，他们来到B基地，走进大厅。工作人员叫他们脱衣服，剃光头发，穿上紧穿衣，戴上头套。舅舅按下按钮，小龙和贝蒂被抛入水中。贝蒂虽然也剃光了头，但戴上了金色的假发。她在这里当了两年的导游，所以对水下十分熟悉。他们看到一条鲨鱼。小龙问贝蒂："如果在虚拟世界里，被鲨鱼吃掉会有什么后果？"贝蒂回答："当然你不会真死，但系统会'死机'，只能重新启动。"

他们又发现海豚，就追过去。追了很远，小龙发现一个洞口。他们钻进洞，里面发出蓝光，贝蒂说她当导游两年了，从未见过这个蓝洞。原来这是贩毒分子的基地。贩毒分子见有人来就举起鱼叉和水下步枪，向他们进逼。在这紧急关头，小龙大声喊道："暂停！场上队员要求暂停！"

眼前的景象忽然消失了，两人坐在大厅原来的椅子上。舅舅笑着说："你们闯过了第一关，而且是证实了这套系统的新功能：它会根据信息随机进行构思。比如你们见到的蓝洞，原来就没设计过。"

晚上，贝蒂领小龙来到一家酒吧，刚坐下，就来了两名警察，他们说："得知你们在水下发现了贩毒分子，我们好不容易在许多资料中查到线索，请你们帮助复查一下。"小龙连喝了几杯矿泉水，就跟他们来到水下。可想不到，这两名警察竟和贩毒分子是一伙的，他们把小龙和贝蒂关进蓝洞。小龙急中生智，要求尿尿，并且高喊："暂停！"

两人又回到现实的椅子上，舅舅问小龙："你是怎样看出破绽的？"小龙笑着说："我在酒吧里喝了几杯水，却老不想尿尿，这就证明那水是假的，是在虚拟世界中。"

舅舅赞扬小龙聪明，用一泡尿戏弄了超级电脑。后来，他又顺利地过了一关。为了奖励小龙，舅舅奖给了小龙一台微型电脑。

《我们爱科学》，1998年第5–9期，禾文改编

魔　环

王晋康

1999年8月20日晚10点半，黄鹤酒家客人已经很少了。凌子风望着窗外，10年前，他的恋人就是在那条河里淹死的，只怪自己那该死的疏忽。

忽然，凌子风感到有人在注视他。回头一看，是一名中年男子。那人拎着一瓶酒过来："原谅我的冒昧。你有什么苦恼，不妨诉一诉，这是宣泄感情的好方法。"

凌子风苦笑道："谢谢。我听从你的建议。10年前，我同恋人若男到那条河里游泳，在我去取遗忘的潜水镜时，若男溺水而亡。10年来，我无时无刻不受内疚的折磨。"他的声音哽住了。陌生人同情地说："请不要过于悲伤，也许我可以帮助你。"凌子风不解地问："你能帮我什么？"

"帮你回到过去。你先看一下这件宝物。"陌生人从手腕上褪下一只手镯。它光滑、坚硬如玉，但重量极轻。手镯表面刻着汉字："时间来去器"，"同相入"，"异相出"；"返回"。镯上还有一些符号。陌生人说："几年前，陕西某县修缮天福寺时，发现了唐朝的地宫，这手镯就是在那儿出土的。手镯盒里还有一张短柬，说这手镯是只魔环，可把戴镯人带回到过去的时代。你一定不相信，不过我们马上可以试验。"

凌子风当然不信，但嘴上却说："怎么试验？""非常容易。

先把按钮调到你想去的时间，再按下‘同相入’钮，就能回到过去了。”凌子风领着陌生人出了酒家，来到当年游泳的河边，说：“那件事发生在1989年10月15日晚上10点。”陌生人在手镯上调好时间。“喏，就是这样调的。这次我与你一起去，以应付不测。好，我要按‘同相入’钮了。”

忽然，凌子风感到眼前的景物一阵抖动，一会儿景物就复原了。但他马上注意到，景色变得虚浮了，两个人影从暮色中走出来，正是25岁的凌子风和若男。两人离他只有10米远，但对他视而不见。那“凌子风”返身走开了，若男突然脚下一滑，掉入河中。凌子风立即扑上去，却扑了个空。

陌生人劝凌子风不要徒劳了。“眼前的景象是两个异相世界的叠加，我们看得见，却摸不到。”凌子风愤恨地说：“既然如此，那你带我回来干什么？”陌生人说：“我们且先返回去。”他按下返回钮，到了1999年8月20日晚11点。

陌生人说：“这只魔环也可把你带回10年前的同相世界，你会与25岁的凌子风合而为一，肯定能把若男救出来。但是，我得告诉你，人生只有一次，是不可选择的。不过，一旦你持有魔环，就有了对‘过去’重新选择的机会，但会造成迷乱，甚至陷入痛苦。你要先想清楚。”

凌子风表示，只要能救出若男，对一切都不在乎。陌生人把魔环的返回时间调到1989年10月15日晚10点，递给凌子风：“戴上它，按下‘同相入’钮就行了。”

凌子风回到了10年前的那天晚上，与25岁的凌子风合而为一了，但仍保持着35岁时的记忆。当若男掉下河时，凌子风马上把她救了上来，并把她送回家。若男一进家门，凌子风立即按下返回钮，回到1999年8月20日晚11点02分。

陌生人见了凌子风，问：“你把若男救上来了？”凌子风点点头："我救了她，又必须和她分离，我不能抛弃'真实世界'的妻儿。"陌生人非常理解。过了一会儿，他说："魔环留给你，我要告辞了。"凌子风急急地说："请稍等一会儿。我是在若男死了后5年结婚的，我想再去那个时候看看。"陌生人说："好吧，我再在这儿等一会儿。"

就这样，凌子风返回过去，又回到现在，来回复返了几次，他彷徨无奈：他如果选择现在的生活，就要认可若男的死亡；如果救了若男，就没有了现实生活中的妻儿。最后，凌子风下了决心，把这魔环送回原地，不让它再害人。陌生人马上领悟到，凌子风要把它送回唐朝，并留在那儿，这样，他自己也不能返回了。他还来不及劝阻，凌子风已经走了。

《科幻世界》，1998年第1期，庄秀福改编

古刹幻影

王力德

几年前，我加入了一支考察队，在塔克拉玛干沙漠中探寻一座古城。一天，突发沙暴，我与考察队失散，误落入一个洞穴，昏了过去。

不知过了多久，一声闷雷把我惊醒，随着一道闪电，洞中射进一道奇怪的绿光。在绿光映照下，我清楚地看到，在离我10米远的地方竟有几个活人，几个身着古代西域戎装的人！我被吓得牙齿"咯咯"打颤。过了一会儿，他们握着刀向我逼来。我在慌乱中不顾一切抓起胸前的数字相机，正要砸过去，无意中按下了快门。那几个人没有继续朝我逼来，就在这时，那奇怪的光渐渐暗淡了，那几个古人也随之消失。洞中一片黑暗。

我壮着胆，摸索着爬出洞穴，躺在一个沙丘上。第二天，考察队找到了我。我讲述了自己的遭遇，大家惊讶不已。

队中的岳教授和小范拿了手电等用具，爬进洞穴，反复寻探，许久才爬出来。岳教授说，那不是洞穴，而是一座被沙埋掉的古代庙宇。岳教授让我把昨晚拍了照的那张磁光盘拿出来，把它插入笔记本电脑中。啊，在屏幕上真的出现了昨晚见到的幻影：一个将军领着几个人向前走着。难道是古尸复活了？

沉寂了半天，岳教授开口了："我和小范认为，小李碰到的幻影，很可能是2000多年前的激光全息影像的再现。""2000多年前哪儿有什么激光全息？"马上有人反驳。岳教授笑笑："我说的是大自然形成的激光全息影像。我们知道，激光全息影像的再现需要三个条件：激光、全息影像底版、全息照相再现系统。我估计，2000多年前的那一天，特殊的气候形成了这些条件，把全息影像留在了庙中的石块上；而昨晚的气候与那天相似，所以全息影像得以再现，正好让小李碰上了。"

考古学家姜老师说："太可惜了。如果小李的这张照片再清楚些，说不定是考古的一大发现！""但是，也许还有补照的办法。按我们目前的科技水平，完全可以造成昨晚的特殊气候状态，这就有可能使那种影像再现一次。"岳教授一语惊人，大家感到十分有道理。

在气象中心的帮助下，当晚12点又出现了昨晚的天气情况。守候在庙宇中的考察队队员果然看到了预期中的幻影，是匈奴人在祈祷观音菩萨，他们作完祈祷，向门外走去。我把这些影像一一拍摄下来。

岳教授等把这次发现写成论文，发表在喀什噶尔大学学报上。我无意中拍摄的那张照片获得了全国摄影艺术大奖。

《科幻世界》，1998年第11期，庄秀福改编

达摩克利斯星人的战争

王 能

嗨，老兄，你没听说过达摩克利斯星吧，今天我来给你说说。

前几年，达星（简称）人的飞船驾临地球时，联邦政府间谍对飞船研究一番后，得出结论，达星飞船科技水平之高，高到我们无法理解的地步。达星人长相和我们差不多，他们可以用意念在脑子里说话，脸上全挂着微笑，让地球人真假莫辨。于是，联邦政府任命我这个科技大窃贼为地球驻达摩克利斯星的全权大使。

我坐上他们的飞船，一转间就来了达星。这个科技发达、资源丰富的星球没有污染，没有猛兽，只有一望无际的绿色草原和温驯的动物。达星人全住在悬浮在空中的巨大建筑物里，这里没有货币，没有商品，甚至没有强权、腐败、色情、暴力这些地球上随处可见的“文明”。这个星球的每一件东西都像是自己长出来的，不知达星人是怎么造出这些玩意儿的。

我整天在转悠，用尽各种伎俩，也没打探出什么。就在我心灰意冷之时，达星的联络官来通知我，达星长老会邀请我参加达星胡摩派与美庭派之间的战争。我兴奋极了，说一定准时到场。

到了日子，我被领到一个议事厅。长老们就座后，有人拍了两下手，表示开始。胡摩派和美庭派的代表走到场地中央，他们不用心灵感应，而是用语言大声辩论起来，争论的题目好像是“草原环保对其他物种的影响”。这场争论的结果是一输一赢，并约定下次再战。

争论结束后，我问：“战争可以开始了吗？”长老们一时给我弄迷惘了，但随即就明白了，说：“刚才就是战争，这是我们达星人

解决团体冲突最终极、最激烈的方式啊！”

“哈哈哈！”我不由得大笑，“你们的战争，不过是吵嘴，地球上2岁的孩子都会。”一长老问：“那么，你倒说说看，地球人类是怎样进行战争的呢？”

“人类的战争？啊，自人类诞生之日起就诞生了。成千上万的人马，血肉横飞的厮杀，核爆炸飘起的蘑菇云更是数十万生

灵……"

"你是说，你们侵犯生命？"

"侵犯？不，不是侵犯，而是毁灭。杀死敌人，毁灭他们的灵魂……这就是人类的战争！"

我忽然发觉自己被什么东西抛了出来，掉到了海里，我知道自己已回到了地球。我回到总部，交上出任达星大使一星期的报告后，准备领一大笔奖金。谁知道，地球联邦因为与达星断绝联络，就开除了我，我只好来到街头。

《科幻世界》，1998年第12期，庄秀福改编

毁　灭

王日安

厄玛帝国是一个由厄兹星球和玛祠星球连接而成的双星系统。经过上万年的发展和进化，几乎所有的帝国公民都被改造成了没有主观意识的生化人，他们被最后剩下的9个真正的人控制着，以创造巨大的劳动力使帝国继续发展。就在厄玛帝国致力于发展之时，一场灾难正悄然降临——实力仅次于厄玛帝国的盖里斯帝国，发展了厄玛帝国这些年忽略的军事领域后，扬言要征服厄玛帝国，并限其在1个月内将全部公民迁出厄玛双星系统。

星际远航对厄玛帝国来说已是荒废几百年的事了，要全体迁出谈何容易，而迎战又缺乏足够的军事力量。就在这进退两难之时，帝国最后9个正常人紧急商讨对策，决定采用雷吉教授提出的唯一可行的方案，即放弃玛祠星球，让侵略者先在玛祠星球着陆，随后切断双星间的联系，由厄兹星球用高能量向玛祠星球发出斥力，将其强行推出双星轨道并引爆事先埋藏的炸弹。

时间过得飞快，雷吉领导的反侵略行动已基本准备就绪，就在此时，雷吉的好友艾汉教授向雷吉提出了质疑：双星系统是两星引力相互作用的产物，一旦失去了其中的一颗，另一颗也将遭受严重破坏。面对艾汉的质问，雷吉平静地答道："不错，失去玛祠星球，厄兹星球将受到毁灭性的破坏。我之所以这么做，完全是为了星球的新生。现在的星球，温度比100多年前高了4倍，植物早已经没有了，空气中氧气的含量越来越少。为此，我已在世界各地放置了生命的原始基因，灾难过后，经过漫长的变迁，估计空气中氧气含量会回升，原始基因就可以被激活。厄兹星球会再次拥有各种生物，最终将会出现智慧生命。"

1个月过去了，雷吉按计划将包括艾汉在内的最高会议剩下的8个人送进一艘飞船里，离开了玛祠星球，与此同时，盖里斯帝国的舰队在玛祠星球着落了。雷吉启动了分离系统控制器，顿时，玛祠星球完全毁灭了，而厄兹星球上地动山摇，无数生化人葬身，幸存者则踏过同伴的残骸，又回到自己的工作岗位，操纵着机器。

不知多少年过去了，正如雷吉预测的那样，厄兹星球经过漫长岁月，绿色再次布满了大地……

《少年科学》，1998年第3期，刘佩菊改编

新　生

王日安

放假了，就读于美国某大学的6位中国学生结伴去百慕大探险。他们乘坐的快艇刚进入百慕大海域，就碰上了"漩涡"，被卷入了一个海底基地。这是一个宽敞明亮的大厅，里面有许多他们未见过的仪器，虽然空无一人，却有声音传来："你们好，孩子们！我叫

雷吉。你们并不认识我，我还是先讲讲我的故事吧……”

“……就这样，厄玛帝国毁灭了(关于厄玛帝国，如果你们不知道，请读《毁灭》一文)，而我不放心地球，放弃了身上不必要的器官，请生化人按我的吩咐把我的大脑从颅腔取出，放置在生命维持设备上，所有的生命能量全部供给大脑生存，这样，我才得以活到现在。”

听了雷吉的话，6人从惊恐中解脱出来。王勇问道：“你为何把我们带到这儿？”雷吉回答道：“我认为你们是人类中的佼佼者。我需要你们去阻止一场核战争，并帮助联合国销毁核武器。最近，H国公开宣称要对B国使用核武器，一场核战争将会爆发。为此，我计划派你们到小行星带捕捉一颗小行星，给它设计一个飞向地球的轨道。这样，人类就会把核武器全部射出来，以对付这颗小行星。”

“好啊！”6位充满冒险精神的年轻人都同意了这个计划。他们在雷吉的安排下，坐进一艘巡航飞船，向小行星带飞去。当飞船接近小行星带时，赵劲命令计算机搜寻能恰好用完地球上核武器的小行星。很快，计算机就找到了符合要求，而且最易捕捉的小行星。6人把它命名为“E—3号”。飞船在它旁边一颗体积稍大的小行星上降落，向“E—3号”发射了两枚磁场性吸盘，看准一个空档，带着它迅速离开了小行星带。随后，飞船在计算机设定的位置上脱离了小行星，而小行星则向地球飞去。

几个小时以后，6个伙伴已回到了雷吉的试验室，等待结果。

1个月后，在中国等国的极力劝说下，所有的有核国家都同意使用全部核武器攻击来犯的小行星。计算机报告了爆炸的情况……对地球的损伤度为零!

6位中国学生为成功而欣喜，他们去找雷吉报喜，却发现雷吉不知什么时候昏迷了，他的生命维持器仍放置在大厅中央，里面原来洁白如玉的大脑已变得暗黄了。经向计算机求救，他们选择了唯一可行的方法——进行电击，这样可维持雷吉的生命80小时左右。经电击后，雷吉的大脑又具有了活力，他说道：“我的时间不多了，即使是大脑，也有极限。”

大家忍不住掉泪了。沉默了一段时间，李飞说道：“我有一个办法。我们可用人类在21世纪初发展完善的克隆技术，并通过催长剂来克隆雷吉，同时，用与雷吉的大脑联网的计算机来恢复他的记忆。”6人说干就干，经过努力，雷吉的克隆个体诞生了——一个脑袋硕大，没有头发，四肢比例极不协调的怪物。李飞赶紧给他修改了一下基因，使他和人类一样。53个小时后，雷吉已作为人类站在6人面前了。

之后，雷吉作为中国航天部招募的试验新文明进程的志愿者，携带生命原始基因，随发射的一艘外太空探测飞船，去寻找一个适合生物生存的星球，让智慧生命直接诞生在现代社会。而6位中国学生接管了雷吉的海底基地。他们都感到自己身上的担子很重，时时记着雷吉的话："人类是地球的主人，地球就掌握在人类自己手里。你们一定要把握住它，千万别走厄玛帝国的老路。"

《少年科学》，1998年第7~8期，刘佩菊改编

飞出壁画的巨鹰

魏树韬

在热带海滨疗养区，有一座豪华宾馆，爸爸是这家宾馆的总经理。最近他们遇上了一件烦心事：在同一套客房内，接连有3名旅客神秘地失踪了。为此，爸爸特意请了艾利侦探来调查此事。

艾利侦探一到，就走遍了宾馆各处。他走进那套惹祸的客房，察看了所有目光可及之处，但一无所获。就在他一筹莫展时，宾馆的值班主任提供了一条信息：宾馆的供电程序被破坏了，这可能会引发意想不到的事故。为此，艾利决定从用电设备上着手。

深夜，艾利带着复式电能检测仪又来到了客房。他仔细检测了电器，全部正常。随后，他来到客厅，只见一面墙上挂着巨幅电子仿真油画，这幅画是花巨款从内地运来的。画面的海岸上画着一棵孤零零的枯树，上面一只欲腾飞的巨鹰舞动着双翅，凶狠充血的双眼，死盯着画面上宁静的大海。随着开关的打开，平静的海面伴着大风的呼啸，起伏摆动起来。而艾利似乎也被海风的呼啸慢

慢淹没了。

不知过了多久，一阵响声使艾利从昏昏欲睡的状态中清醒过来，他惊奇地发现，巨鹰飞起来了，而画面正在扩大。他赶紧查看电能检测仪，什么都明白了：提供给画的用电功率大大超过了正常指数，这时两眼充血的巨鹰，从上面向艾利猛扑过来。艾利机灵地切断画的电源，只见巨鹰渐渐飞回快速缩小的画框里。

“太可怕了，如果来不及切断电源……”艾利边庆幸边走出客房，来到爸爸的办公室，详细讲了夜里发生的事，并谈了自己的想法："您从内地运来的电子仿真画是导致宾馆发生不幸的祸首。这里与内地不同，能量磁场也不同。这儿阳光足，白天热，海水吸收了大量的热能，夜里温度逐渐降低，大海慢慢向大气层散发白天积聚的能量。仿真画打开后，巨大的能量从画的海面向外扩散，这是画的设计者没想到的。发电机输出的能量和海水夜里散发出的能量总和，足够巨鹰从画中令人惊恐地起飞了。而客房内失踪的3名旅客，很遗憾地都成了巨鹰的腹中之物。"

听了艾利的话，爸爸恍然大悟。可是，为什么能量超高会使仿真画复活，则成为爸爸和艾利一时还无法解开的谜。

《少年科学》，1998年第1期，刘佩菊改编

活　着

魏　巍

"琛乖啊，你看看这密码能不能解？"那个叫阿文的家伙又来纠缠我。"是啊，解开了就给你好吃的。"旁边的桑也帮着腔。但我不睬他们。

阿文发火了，大巴掌马上落到我脸上。"别是变笨了吧？打他都不躲。"桑说。"变笨，怎么可能？"阿文嚷着，"他3岁就能心算五位数乘法，前年还给我解开了一个银行的电脑密码。我花那么多钱，把他'克隆'出来……可是这小子现在不肯合作，不然我们早就从银行里弄到更多的钱了。"阿文骂累了，锁上门，和桑离开了屋子。

我是个"克隆"人。10年前，一个叫林琛的天才儿童遭车祸死亡，阿文托人用林琛的细胞"克隆"出了我。他把我关在屋子里，让我摆弄电脑，为他解银行的密码。我若不从，他便打我，像这样

的痛打已是家常便饭了。

“我过得很简单，从不到屋子外面去，所以没有普通人的烦恼”我在电脑的留言板上写着。“那你为什么不到外面去呢？”电脑上突然打出了一行小字。是谁？我惊叫起来。难道有人在看我无聊的留言吗？到外面去？我不是没有想过。但是到外面去又能干什么呢？琛太有名了，他的脸大家太熟悉，法律是不允许“克隆人”存在的。

10月10日，《盾》报报道：“171特大银行盗窃案”终于被破获。据悉，报案的孩子因被注射大量麻醉剂，现已死亡……

医院里，警察局局长何风走到床前，问那孩子：“你觉得怎么样？”孩子说：“还好，阿文和桑呢？”“他们被抓了起来，恐怕活不成了。”

孩子抑郁地说：“我还活着，可我活着，又怎么样呢？”何风说：“你才10岁，以后的日子还长着呢。”

孩子说：“但是我以后怎么办呢？‘克隆’是违反人伦的，法律不允许……”何风低声说：“我对报界说你已经死了。我是警察局局长，知道这事的人都是我的心腹，那两个混蛋也不会蠢到抖出你的事来加重自己的罪。所以封锁消息没有问题。”

“那以后我……”孩子问。“你愿意做我的孩子吗？”何风看着孩子，孩子完全惊呆了，“一个从远房亲戚家过继来的孩子，叫何凌。至于相貌么，我有个老朋友，是整容专家。”

孩子笑了，这是他今生的第一次笑容。

在第二年的秋天，蓝星小学的入学名单上，多了一个叫何凌的男孩子儿的名字。

《科幻世界》，1998年第2期，庄秀福改编

东方神箭

肖赛亮

神秘的百慕大，飞机、船只常常在那儿失踪。人类曾对此做出种种猜测，但始终解不开这个谜。

“是的，人类将永远无法解开这个谜。”巴克自负地说。他是遥远的天琴星座的某帝国星球派驻地球基地的头号人物，基地就设在百慕大海底深处。基地的第二号人物尤思则说：“巴克，不要过于自负。地球人的发展很快。”他轻轻触了一下控制台的键钮，一幅巨大的屏幕展示在他们面前。画面上显示，地球人于1988年，发现有一架第二次世界大战的英国皇家空军的轰炸机，停落在月球的一座火山口上。

原来，40多年前星球举行建国2万周年大庆之际，巴克为讨好帝国元首，擅自把地球人正在进行的第二次世界大战中负伤的一架英国轰炸机，悄悄劫持到海底基地，装上太空飞船运回帝国，作为异星系的珍稀物献给元首。尤思发现后，当即提醒巴克，这架飞机未经清洗消毒处理，被污染的飞机很可能会给帝国带来一场劫难。巴克闻言，如梦大醒，马上命太空飞船把该飞机弃置在月球上。

尤思说：“几千年来，地球人对我们的存在或疑或信，但全不过是捕风捉影。现在，地球人发现了我们弃置在月球上的飞机，定会不断搜索、探究，会搅得我们不得安宁。”巴克一听，也紧张了起来，问尤思该怎么办。尤思说，他已考虑了一个方案，由他率一个小组前往月球，把那架飞机捣毁，遗骸带回基地，沉入大洋深处。同时在原停放飞机的火山口，用月球岩仿制一个飞机的自然形成物的假象，以混淆地球人的视听。不过，经计算机多次计算，这个方案仍有万分之一的不可行性。

巴克批准了这一方案。尤思率人乘一艘橘红色的碟状飞船从海底直飞太空。尤思在月球上盘旋，寻找到了飞机，但他在飞机附近发现有不明生物和飞行器，立即向基地的巴克做了报告。巴克命尤思查明他们的身份。尤思把扫描器对准正接近飞机的不明飞行器，船舱上部有一行字——中国宇航。尤思不由得惊叫起来："万分之一的不可行性原来在这儿！"

《科学与文化》，1998年第1期，庄秀福改编

时间漏洞

星　冰

几年来，拜因特尔先生一直在研究"一物体向另一物体透过"的定律。现在他发明了一种装置，用它做了无数次试验，证明了这一定律。他决定去找朋友马克发登，谈谈自己的发明。

这天傍晚，拜因特尔拿着一个小包，坐进了一辆出租车。在途中，他沾沾自喜地打开了小包，这是一块软麂皮。拜因特尔对它满怀深情。因为这是他几年研究的成果。到了拜因特尔所说的地址，司机斯齐姆斯让他下车，可是座上没人，只有一块麂皮、一块金表和一些硬币。斯齐姆斯道："滑头的老鬼，想白坐车呀，那你的表也别想要了。"他把表和钱收了起来。麂皮仍铺在后座上。

第二天，斯齐姆斯继续出车，乘客一个接一个上车，报出了自己的地址，乘在车上，走着走着就不见了。人人如此，去向不明，原因不详！每个乘客都留下一些硬币和五花八门的金属物品。这到底是怎么回事？他百思不解，心中感到害怕。但他又不能不出车，那会引起怀疑。

到了第五天，报上登上一条新闻："魔鬼作怪！52人失踪！"

看来失踪者的家属已报了案。斯齐姆斯心想，反正我没做过坏事，管它呢！

以后几天，斯齐姆斯照常出车，失踪人不断增多。警察卡西吉认为斯齐姆斯有嫌疑，便上了他的车，后面还有一辆警车跟着。到了警局，卡西吉也不见了。警察拘捕了斯齐姆斯。

突然，情况有了变化。两天后，卡西吉回到警局，他说，那天他莫名其妙地飞出了那辆出租车。一个小时后，有一个胖子躺在人行道上，他说，他原本坐在出租车上，不知怎么到了人行道上。不久，其他失踪的人陆续出现在街头。于是，斯齐姆斯被释放了。

最后，拜因特尔先生出现在街头。他发现自己离开现实生活已有11天了。经过一番思索，他明白了其中原因。

翌日，拜因特尔来到马克发登家中，说："我已揭开了一个物体向另一物体透过的秘密，你知道，所有固体的原子都是很小的，但原子核和原子之间的间距却很大，它们是被电磁场相互牢牢吸住了。如果设法使其中一个电磁场消失，那么中间就会出现大块'空白'，别的物体就可以穿过去。我对一块麂皮进行了加工，结果几乎所有东西都可以透过它，只是金属透不过。那几天租车上发生的失踪案就是最好的证明。我那天在出租车上跌倒在麂皮上的时候，麂皮的电子就对组成我这个人的电子起了作用，强迫我在第四向度——时间向度里向前飞跃，把我向前抛了11天，昨天才回来。"一向对拜因特尔的研究表示怀疑的马克发登，这次不得不表示信服。

《科幻世界》，1998年第1期，庄秀福改编

双重追击

星　河

由于地面交通占用了大量的耕地，21世纪中叶城市交通集中在空中了。星河驾驶飞车穿梭在楼群中。

“请不要把身体过分偏向一侧，以免发生危险。”城市交通管理电脑向星河发出警告。星河正了正身子，其实这飞车是自动驾驶的，保险系统超过300%，就是把身子探到车外，也不会出事。然而，还是出事了。他的飞车撞到对面的飞车，对方坠落了。

星河大吃一惊，自己没有违反交通规则啊！可城市交通管理电脑却正告他：“将对你处以罚款和监禁。”更不可思议的是，对方，坠落的飞车也被电脑终端警告说：“你触发了车身自毁装置，炸弹将在5分钟内爆炸。”

星河本能地发动自己的飞车，赶快飞离现场。对方坠落的飞车也莫名其妙地撤离了现场。

负责处理事故的交通管理员郭威认定，责任在逃跑的飞车上。但他又奇怪：为什么受害者也离开了现场？郭威决定先追捕逃离者。

星河驾着飞车逃出5分钟路程，正要停车时，突然发现后面有两辆警车追来，还没等星河做出反应，前方又有两辆警车迎面堵截。他下意识地右移20多米，“嘭”的一声，4辆警车两两相撞，同归于尽，8名警员丧生。

星河害怕了，两次事故并罚，可能被判监禁。但第一次是冤枉，第二次是无意。可在这样一个电脑管理一切的时代，有谁会相信呢？

城市交通管理电脑给郭威下了命令：“追击肇事者。”郭威让交通管理电脑出示现场照片，郭威看后，发现出示的不像是出事现场的照片，就对电脑产生怀疑。然而，管理电脑却对郭威说："根据医疗保健电脑的建议，由于你神经过于疲劳，请你把工作交代一下，准备休息。"

郭威决定出逃，他冲出管理局，窜上一辆飞车。正要往前飞，却发现星河驾车而来。郭威说了声："你还来投案？"就窜上星河的飞车。他们交换了想法，都认定交通管理电脑出了毛病。郭威决定向电脑主动出击。他叫星河把飞车飞到一个下水道的入口旁："从这里可以到达城市交通电脑管理局。"

郭威冲上去关闭了电脑的外联装置，使它不能向各处传递指令。管理电脑厉声喝道："你居然与肇事者同谋！"星河正色道："是你有意制造了这起交通事故。你故意操纵废弃的飞车与我相撞，又故意发出错误指令，使4辆警车相撞。"郭威补充说："你又伪造保健电脑的信息，企图诬陷我是精神病。因为飞车数量过多，你不堪重负，所以程序发生了混乱。"

"那你打算怎么办？"城市交通管理电脑无奈地问道。郭威痛苦地回答："关掉你！"

《我们爱科学》，1998年第10~12期，禾文改编

宠　物

亚　静

虽是夏日的午后，但屋内不热。21世纪的90年代，人们不再为严寒酷暑困扰了。

我躺在安乐椅上，身边是我的宠物——小狗亚格。我翻开那本十分畅销的《失落的世界》，朗读起来："那儿有蓝天、白云、辽阔的草原……噢，亲爱的亚格，给我拿杯冰水好吗？我渴了。"亚

格奔到自动取饮器上，用前爪按下按钮，嘴叼装着卫生杯的宠物袋。我看着它做这一切。喝了口冰水，我继续朗读："奔跑在草原上的羚羊、斑马是一群温顺的食草动物，但四周常出现准备进攻它们的狮子。而在热带雨林则有着猩猩。"我轻轻拍了拍亚格的头，啜了一口冰水，继续念道："在澳大利亚，有一种奇特的动物叫袋鼠……嗨，我可真想见一见呀。"我忍不住又拍了一下亚格的头，它也知趣地叫了一声，表示回应。

"被认为世界上鼻子最长的是大象，而脖子最长的是长颈鹿……""汪，汪。"亚格又报以赞同的表示。

"生物们自己优胜劣汰地发展，维持着生态的平衡，直到人类的出现并无情地摧毁了它们。人类无休止地繁衍，贪婪地占领了地球的一切空间，迫使动物绝迹、消亡……"我的声音有些发颤，喉咙有些干涩。

"嘀嘀……"刺耳的影形器的响声使我不得不停止了阅读。我取下套在眼前的影形器，亚格不见了，取而代之的是一个矮个子年轻人："对不起，你的预定时间到了。根据规定你该将'宠物变形影形器'还给本公司了，这是'幻想宠物公司'的收据。你的预定时间是每天8小时。好，明早8点我会准时送来的，谢谢光顾。"这生硬的职业性话语，宣告了今天我和亚格共处的欢乐时光的终结，我合上了书。

我踱到窗边，看着被保鲜罩罩住的灰色大地，幻想着它本来的颜色——碧绿。我想，宠物提供站也不知道从前这个星球的动物究竟是什么生物，若没有一年前挖掘到的有关狗类的塑料图片，恐怕这个行业也根本不会存在。

我回到安乐椅旁，又捧起那本书，念了最后一句："自然的法则终将会判决那些毁灭它们的生物，从无例外。"

《科幻世界》，1998年第7期，庄秀福改编

诱　饵

杨　克

陈枫失业后一直没找到工作。这天他到海德信息公司求职，这家公司只有两个人：一个日本人叫田中，另一个美国人叫阿诺。经过考核，公司决定聘用陈枫，周薪2000美元。工作很简单，开着汽车到公路上兜风，说是试车。

陈枫走后，田中便和阿诺商淡起来。阿诺说："应该用声波和电磁波使他们丧失活动能力，来个活捉。"田中说："那方法不行，现在我准备了钛金属合金丝网，还有四台强制冷器……"

原来，这俩人正在设法捕捉外星人。开始，他们只是采访一些遭遇到外星人的人，记录点资料发表。后来他们发现，外星人时常光顾地球，是在研究地球人，就像我们研究动物一般。他们心中不由得被一种羞耻感所充斥。心想，为什么不能抓一个外星人来研究呢？他们投入了所有的财产和时间，进行研究，寻找外星人。虽然他们遭遇了几次，但都未能捉到。于是他们成立了海德信息公司，招人是假，捕捉外星人时用来充当诱饵是真。

田中和阿诺经过周密分析，认为三天后外星人将在光辉农庄出现，就着手进行准备。第三天，陈枫根据田中的吩咐，驾车去光辉农庄。在一块玉米地旁的公路上，汽车出了故障。陈枫打手机给田中，田中说让他等着。其实，田中和阿诺就藏在陈枫侧旁的玉米地里。

深夜，趴在方向盘上的陈枫看到空中飞来一只飞碟，降落在附近。陈枫见势不妙，想逃，但腿已吓软了。此时，田中在雷达监视器上已看到一只飞碟降落，便按下一个电钮。四周的玉米地被掀

开，升起了四座7米高的方塔，方塔上撒出一张金属网，把飞碟罩住。飞碟发动了，想挣脱金属网，但网牢不可破。随后，飞碟中射出激光，网绳纷纷被毁。田中急忙按下另一个电钮，方塔中喷出制冷剂，使激光失去效用。

突然，空中飞来直升机。“下面的人听着，你们被包围了，放下武器！”阿诺和田中慌了，原来是警察，他们怎么会忘了这一点！正在这时，飞碟里又射出闪电般的光芒，地上一片火海，四座方塔一一倒塌，空中的直升机也一头栽了下来。完好无损的飞碟从容离去。

在这次行动中，田中被烧死；阿诺侥幸未死，但已精神失常；陈枫受了点伤，几天后治愈出院。他幸运地成了海德信息公司的唯一成员，自然享有了所有财产，坐上了皮交椅。

至于那飞碟，陈枫却再也记不起来了。

《科幻世界》，1998年第2期，庄秀福改编

呼唤生命

杨　鹏

江波座α星上，一台生命搜索器不停地显示着一个信号：高级智慧生物活跃在这个星球上。然而，我们面临的却是堆积了几十亿年的沉寂和荒凉。智慧生物在哪里呢？面对一直叫个不停的生命搜索器，我的思绪回到了5年前。

5年前，中国和美国的天文机构同时收到了来自江波座α星的无线电波，立刻引起轰动。成千上万的专家投入了破译电码的活动，只知道发电波的人名叫吴迪，其他却一无所知。两天后，联合国宇航同盟召开了特别会议，决定派我和妻子前往α星。

于是，我和妻子带着女儿，历经难以想象的困难和艰险，来到α星，期待着与吴迪见面。然而，我们在这里徘徊了半年，消耗了大量能源和储备物资，仍没发现吴迪的踪影，为此，我们不得不奉命返回地球。

我们再一次仔细检查所有设备，为返航作准备。忽然，妻子有了重大发现，兴奋地说："电波是从地心发出的，而我们只是在地表进行徒劳无益的搜索。也许吴迪是穴居人，在地下深埋了几千个世纪，没法跟我们见面。""是啊，快装核弹发射架，炸开地表。"我也兴奋地叫道。

我和妻子紧张地进行着核弹发射工作，很快进入最后一道工序。忽然，女儿拼命来敲门，并大声地叫喊："别发射！我刚编出一种与吴迪阿姨对话的计算机程序，别发射……"可是，我和妻子没有理会女儿的叫喊，以为她在胡闹，尽管我们知道她可算是一个计算机天才，我们还是按下了核弹发射按钮。突然，生命搜索器响了，荧光屏也亮了起来，原来是女儿把她的计算机同发射舱的计算机接通了，她的程序直闯了进来。荧光屏上又出现了一行令我们大惊失色的字："救救我，地球人，危险正向我袭来。我的大脑组织正遭受严重破坏！"——是吴迪在与我们对话。与此同时，一种奇异的现象出现了，天边有一朵蘑菇云正冉冉升起，而蘑菇云下有一座火山正在喷发出红色的岩浆。生命搜索器在不厌其烦地叫唤半天后暗哑了，荧光屏上的字也消失了。妻子打开门，女儿直挺挺地跌进来，哭着对我们说："吴迪阿姨就是我们脚下的星球。刚才，我用新编的程序跟她说话，她要我救她。她怕你们，可是……"

天啊，核弹爆炸的地方正是吴迪的大脑！

《少年科学》，1998年第9期，刘佩菊改编

MUD——黑客事件

杨　平

匆匆吃了点儿东西，我就坐到了电脑前。我每天要处理近百封关于Conix系统的技术查询信件，这样，我每月有2000元的收入。按外面世界的说法，我是个“线虫”，就是靠信号线生活的生物。在地球上，有数以亿计的人过着这样的生活。

今天，我在休息时，突然听到电脑在响。有紧急信件！我迅速打开信箱，输入信件读取密码：

亲爱的××，由于MUD系统受到不明力量的破坏，现决定，将于2097年11月4日关闭MUD。

我的汗一下子冒了出来。系统要关闭了。MUD系统是全球互联网的一个虚拟世界，自2045年运行以来，其登记用户达40多亿。每天，我除了工作，就是戴上头盔，到MUD系统中玩耍。在这个虚幻的世界中，有与外面世界不同的生活，不同的人生。外面世界的一切，这里全有。而现在，它要关闭了。我一定要去看看！我戴上头盔，进入MUD。

鲜花广场，一片末日般的混乱。有的人在群殴，有的人在歇斯底里痛哭，有的人在演说，还有许多人在话别。天地忽然一暗，一个声音响起：“系统将于5分钟后关闭，请各玩家退出。再见了！”

我摘下头盔，木然地坐着。MUD不存在了，今后我到何处去消磨时光？3年来，我从未迈出过这所房子，因为没有必要。可现在呢？我浑身不自在，倒在床上睡着了。

“嘟嘟！”电脑在响，又是紧急信件，我打开信箱：

亲爱的××，现已查明，MUD系统关闭是由于一个秘密黑客组织的入侵造成的，我们将进行反击，请你提供帮助。

我们要反击了。我马上戴上头盔，链入信中所提供的地址。

我径直来到控制中心，一位“大天神”接待了我。据他介绍，他虽已查到了黑客秘密组织的总部，但攻不进去。现他们已获得黑客首领的住址信息，决定面对真实的他，对他采取行动。因为我离他最近，所以请我帮忙。我决心为MUD除掉一害，就答应了。

我退出网络，摘下头盔，从床下盒中拿出一支手枪。按照“大天神”给我的地址，穿过大街小巷，来到一幢楼前。我上到四楼，打开一扇门，只见一个人背门而坐，戴着一个头盔，他面前的电脑上显示着数据。他摇头晃脑，根本没听见我进屋。我走到他身后，把手枪对着他，他一点儿也没发觉，还沉醉在自己的世界中。

我忽然落下泪来，手颤抖着。我收起手枪，退出房间，冲出大楼，一屁股坐在马路边上。马路上车水马龙，人来人往，熙熙攘攘，这是一个真实的世界。“我以前怎么没发现外面的世界这么美！”

《科幻世界》，1998年第5期，庄秀福改编

作业代理公司

叶　亮

“作业代理公司”诞生了。大人们纳闷不已：“孩子们的作业怎么能代理呢？”而孩子们则欢呼雀跃，因为压着他们的作业实在是太多了。

最着急的当属老师们了。简直太荒谬了，这不是误人子弟吗？可是，这“作业代理公司”到底是怎么回事呢？学校派我去了解一番。

17点，是作业代理公司“营业”的高峰时间，我来到公司。这是一座极有气魄的大楼，走道尽头是一个圆形大厅，我走到一个挂

有“高二”牌子的大门口，推门进去。这是一个不太大的房间，但有限的空间内却有大半被一个巨大的屏幕所占据。屏幕那边传来声音：“请你写下校名、班级，需要代理什么作业。”我早有准备，提笔写下：“今天有化学、数学两科作业，分别在教科书的第二章第二节和第三章第四节。”

“嗯，那先做化学好了。”屏幕上出现了图像：一个胖娃娃，胸前印着“17”。是氯！氯娃娃极想找一个同伴。那边又有个孤单的氯娃娃，他们走到了一起。“嗯，双原子分子。”我点点头。

两个氯娃娃累了，大汗淋漓，跳到河里洗澡。啊，他们变样了，成了氯酸小伙子。看，上游漂来一块红布，转眼间没了颜色。“漂白性。”我一下子想到了。

“今天的化学作业做完了。该做几何作业了。”悦耳的声音又传来，屏幕的图像变成了一个三维世界。“你看，立体三角形每条边相等……”我一点也不费力就解出了这道立体几何题。

“作业做完了，在旁边。”屏幕旁的一个出口“吐”出了一份完成的作业。我一看，居然全是模仿我的笔迹。我说：“作业有许多，怎么只做这几道呢？”“哈哈，作业当然不止这些。不过你已掌握了几个典型的例题，不用再简单重复了。学校为了追求升学率，用题海压学生，使学生只能死记硬背，这样的学生能全面发展吗？”

这分明是在向当今的教育制度挑战。“可是……”我想辩解。“我公司就是为了恢复学生被压抑的爱好，提高他们对学习的兴趣。你不觉得学生比以前活跃了吗？”我点点头。

回到学校，我汇报完毕，老师们大惊。令人惊喜的是，学生们的学习劲头是越来越足了。于是，学校迅速做出决定：学习并发展“作业代理公司”的教学方式，与它展开竞争。

《科幻世界》，1998年第1期，庄秀福改编

最后一次空难

于建州

21世纪30年代以后出生的孩子，都不知道什么叫空难，我的小孙子强强就是其中之一。一天，他在翻看我的相册时，发现了一张写有“2009年6月13日，美国空难幸存者留影”字句的旧照片，就向我问道：“什么叫空难？”面对强强的提问，看着那张旧照片，我的思绪不禁回到了生平最惊心动魄的时刻……

那是2009年夏季，我作为中国航空救生专家出席了在美国西雅图举行的世界航空救生大会。在会上，我宣读了论文《人类杜绝空难的可靠途径》。文章指出，中国所有的民航客机均采用了智能化弹射救生座舱系统，有效地防止了空难的发生。这套系统的设计思想是：把坐满旅客的整个座舱弹离机体，然后张开巨大的降落伞，让整个座舱的旅客得以生还。在紧急情况下，机组人员可以撤离驾驶舱，全都进入旅客座舱，与旅客共用一套弹射救生座舱系统。一旦飞机在空中无法继续飞行时，座舱内的智能化电脑就会自动发出指令，打开座舱弹射系统，这时，分离机构把客舱与机体分离开。紧接着，座舱上部的火箭垂直向上发射，并利用绳索把客舱向上提升一段距离，然后，一副巨型降落伞打开，载着座舱缓缓下降。如果下面是坚硬的地面，那么，智能电脑就会发出指令，座舱下面自动伸出4条下端装有橡皮软垫的腿，以吸收触地能量，从而保证旅客的安全；如果下面是海洋，智能电脑也会发出指令，从座舱底部弹出4个橡皮囊，在几分钟内完成充气膨胀，保证座舱在海面上有足够的浮力。与此同时，智能机构自动发出求救信号，并告之所处位置，以等待救援……

我的论文引起了强烈反响。在做出向全世界推广这一技术的决议后，世界航空救生大会于2009年6月13日闭幕。下午，500多位与会专家登上了一架波音797客机飞往夏威夷游玩。没想到，飞机在途中发生了严重故障，继而爆炸坠毁。我和一位俄罗斯专家正好坐在最后一排，当机尾折断后，我们从座舱里被甩了出去，又正好落在一棵大树的树冠上，从而侥幸生还，而机上其他人员都遇难了。

这次大空难，促使世界各国在短时间内，都在客机上装上了按中国专利技术标准生产的智能化弹射救生座舱系统。从此以后，全世界再也没有发生过空难，尽管也发生过几次坠机事件，但并没有伤亡一个人。

《少年科学》，1998年第10期，刘佩菊改编

买　梦

余介方

这几天我老是睡不着，只要一躺下，便觉得自己正处于一个由千百台电脑组成的工作室里，眼花缭乱。上班时，连那该死的机器人上司也不断地对我出示黄牌警告。我是得去看看医生了。

一天，我突然从报上看到一则广告：银河系E·B卫星三，莫里森先生为地球人开没了“平安夜一日游”旅游。凡失眠者，只要交100宇宙币，即可抵达本中心，挑选任何一种梦境。本公司保留了19世纪的服务设施，员工中一律无机器人。

这太好了！我决定去旅游一次。晚饭后，我迅速与莫里森取得了联系。晚8点，一位小姐登门了，她用特异的太空舱式的运载工具将我送到北极圈内一个地下航空港，那里已有100来个地球人在等候了。半小时后，108时空隧道专线车起航，3秒钟后到达E·B卫星三。这颗E·B卫星三，体积只有地球的一半，气候原本与地球相

差甚远，但经过几代人的改造，人们已能像生活在地球上一样生活在这儿了。

我们走出机舱，进入一大厅。我四下打量，这儿不光没有机器人员工，而且连一台电脑也没有，完完全全是我们的祖先在19世纪时生活的那种样子。

我坐上一张安乐椅，负责照顾我的安尔娜小姐递给我一张单子，上面写满了各种梦的名称。我说要一个梦中梦。安尔娜小姐让我躺下来，给我盖上一块似金属而又非金属的东西——梦感器，并给我戴上一个白色帽圈——梦贮藏器。

我开始迷迷糊糊，梦见自己做梦了：自己的灵魂从床上悄悄升起，飞出窗外，这是梦吗？我紧张得直捶脑袋。这时，我的记忆消失了，梦感器给我这样一个信号：先生，你不宜继续享受“梦中梦”了，我们给你一个“梦外梦”。我来不及细想，头一沉，便什么也不知道了。

不知过了多久，我醒了。这时梦感器又挨了上来：先生，接下去你还需要一个“田园梦”。果然，我梦见自己走在柳暗花明的田间，令我陶醉不已，我真想这样躺上一辈子。

此时，梦感器又给我一个信号：为了避免你沉溺于虚幻的往昔中，我们为你换上另一个梦。顿时，鸟语花香没有了，我梦见自己站在一幢大厦的顶部，现代化的都市在脚下熙熙攘攘。我回过头来，成排的机器人向我逼近，离我只有1米远了，我抡起拳头砸去。

这时我醒来了，莫里森和安尔娜满面怒容地站在我跟前，莫里森说：“先生，你对我们有一种反感，我们拒绝为你服务。”我矢口否认。他们说：“我们都是机器人。”。啊，我发现自己上当了，如果早知这儿还是机器当家，我才不来旅游呢。

《科幻世界》，1998年第4期，庄秀福改编

基本原因

岳文根

我渐渐长大成人，知道的东西越来越多，但知道的东西越多，搞不明白的东西也越多。

周围的人对我非常友好，对我关怀备至。还有一个博士专门陪伴我，每当我稍有不适，他们都如临大敌，有几十个专家来为我做各种检查，并开会研究医疗方案。

这些人似乎不会生病、变老，而且他们只是偶尔饮用一些油脂，不像我天天要吃好几顿饭。我从小没有伙伴，也从未见过像我这样年纪和本能的人。

我周围的人同我一样没有父母。但我在以前的书上看到，一个人应该有父母、家庭。当我询问博士时，他除了回答他没有父母外，就不再多说什么了。

由于日益增加的孤独感和越来越多的困惑，我日渐憔悴。我周围的人都十分焦急，终于有一天，博士和我进行了一次令我惊愕万分的谈话。“说实话，你的确和我们不同。当年，我们用最先进的技术还原了一批你和你的同类，但不知为什么存活的只有你。”

“这么说，我是你们制造出来的？”我的声音有些发抖。博士答：“不，我们才是由你的祖先制造出来的。我们是机器人，不需要阳光、植物和水。”

“那么，我的祖先呢？”我不由得问。

“他们有非常杰出的智慧和才能，但也因此导致了自己的灭亡。为了报答你们人类的创造之恩，我们试图让你们复活，于是才有了你。”

“为什么不继续下去呢？”

“在不知道你们人类因为什么基本原因毁灭之前，我们不想冒险，因为这也许会影响到我们。”

从那天起，我拼命看书，调查一切能找到的资料，寻找人类毁灭的基本原因，但谈何容易。这天，我正在看书，博士进来说：“我们找到了一种可以充分体现每个机器人工作价值及自身价值的好办法，其实这办法是你们人类的发明，就是‘钱’！”

我一听就呆住了。我想我终于找到了人类灭绝的基本原因了。

《科幻世界》，1998年第12期，庄秀福改编

舅舅的植物园

岳智慧

凌凌的舅舅有个植物园。暑假里，凌凌乘车到舅舅家去玩。吃过午饭，舅舅提了一个大网兜，去植物园给树苗灌水施肥，凌凌要同去，帮他运化肥。舅舅抖了抖手里的网兜说，这些就是化肥，叫作闪电氮肥，百十亩树苗用这些化肥就够了。舅舅还说，天空在打雷闪电时，会产生一种气态氮肥，可用一种装置把氮肥收集起来，然后装袋储存备用。

这时，舅舅从衣袋中掏出一个像计算器一样的东西。他告诉凌凌，这是遥控器，用它来调动雨云。过了一会儿，就见一大片乌云笼罩在苗圃上空不动了。舅舅看了看乌云，从网兜中取出一包闪电氮肥，从袋的一角拉出一根小管子，白色的结晶体就从管子中喷射出去，向远处飘洒着。在苗圃走了一圈，喷完化肥之后，天开始下雨了。下了40分钟，雨停了，云也没有了。

刚才太阳当空，怎么突然会来了乌云并下雨呢？凌凌问舅舅。舅舅说，他们在水库上建造了一个雨水库，哪里需要浇灌了，只要用遥控器告诉所浇田块的距离、方向，雨水库就会立即开启风动加力方向门，使雨水飞向指定的田块。凌凌感到太妙了。

第二天正好午后有雷雨，舅舅就让凌凌看看他是怎样制造闪电氮肥的。舅舅抱出一个电视机一样的装置，说这是闪电氮肥接收机，从接收机的左边拔出一根天线，和屋顶的一根金属杆相接；又从接收机的右边拔出一根管子，和屋顶的一个大喇叭口相接。过了一会，雷雨来了，一眨眼的工夫，闪电氮肥自动包装机已经包装了十几袋化肥。

凌凌拍手道："它真是个小化肥厂！"

《聪明泉》，1998年第4期，庄秀福改编

时间的彼方

赵海虹

林凯风：我看到一桩杀人案。

自然界存在许多奇特现象。如"投影石"——这种古怪的石头在闪电作用下，会在空间产生出活动的影像。此外，天空、山谷、大地都可以产生"投影效应"，有时还有声音被释放出来。历史上有很多这样的记载。

我认为，自然界的不明声影现象，实质上是地磁场把某个四维空间的声影"现场直播"到另一个四维空间所造成的。既然是直播，当然没有先后，既可由"现在"看到过去，也能由现在看到"未来"。经过多年研究，我于2024年研制出了四维空间双向视频交流仪。多次实验，效果很好。有一次影像中出现的人如同真人，他甚至还向我问路呢。

最近，我读到陈平写的一篇文章，20多年前发掘西汉丹阳王墓时，出现过奇特的声像现象。于是，我带了四维空间双向视频交流仪去该墓地，进行实地研究。我把仪器交流时间定在1998年7月28日，也就是这座墓的发掘之初，当交流仪开始工作后，我却看到了一桩杀人案。

在我的脚边躺着一个人，已被杀死。这时来了一个姑娘，以为我是杀人者。我说，我只是一个虚像，并非一个实体。忽然，有人用棍子把姑娘打倒在地，引起震动，窨中的各种微粒失去了传导功能，我的仪器停止了工作。

我的心情无比沉重，目睹了杀人案，我却无能为力。我问了有关部门，无人知道这起杀人案。我打听到了陈平的地址，她答应见我。

沈孟华：这一切发生得太突然了

西汉丹阳王墓要挖掘，成立了5人考古队：纪教授、苏教授、周明、吴欢和我。挖掘工作很顺利，出土了一批极珍贵的文物。那天工作完后，还不见周明，我到墓地找他，发现他躺在地上，已经死了。我见到他身旁有一个陌生人，怀疑是他杀了周明，那人说他不是凶手，他只是一个虚的影像。这时，我被人打昏了。等我醒来时，发现自己已在飞机上，身旁有一只皮箱。我打开皮箱一看，里面全是珍贵文物，我搞不清是怎么回事，但明白自己被人陷害了。为了躲避麻烦，我逃出机场，几经周折，遇到陈平。

陈平：我见到了虚影人

我见到一个姑娘拎着皮箱在逃，以为她是贼。经交谈，方知她叫沈孟华，是考古队员。我把她领回家中，她详细介绍了近日发生的一切。我分析，是考古队内部有人作案。我们正说着话，来了一个陌生男子，他说他是虚影人，叫林凯风，是2024年的人，在研究四维空间双向视频交流的课题。他在墓地看到了凶杀案，现正在寻找那个被打昏的姑娘。因为他打听到了陈平的住处，就来了这儿。

林凯风：终于真相大白

我找到陈平和沈孟华之后，了解到26年前发生的凶杀案可能是考古队内部有人作案。我凭借四维空间双向视频交流仪，再次进入丹阳王墓地，终于弄清，是苏教授杀了周明，而一切阴谋的策划者是纪教授，目的是为了夺取墓中的宝物。苏、纪二人得到了应有的惩罚。

《科幻世界》，1998年第8期，庄秀福改编

目标的丧失

赵如汉

曾玉要我跟他一起去“黑星2号”，他说“前卫6号”飞船在那里发现了昂贵的黑星石，谁能捷足先登，必定会发大财。但是“黑星2号”有1.6万秒差距，要作27次时空跳跃，在6个中继站补充能量，需要3个月，耗资昂贵。但曾玉说，只要得到黑星宝石，付出任何代价都值得。

不久，我登上了曾玉的飞船，踏上往“黑星2号”的旅程。当飞船到达第三个中继站，补充能量时，得知“前卫6号”飞船在最初发现了几块黑星石后，没有新的发现，估计那几块黑星石是从黑星上带上去的。曾玉沮丧极了，我劝他回去。他说我们不能白白地回去，“黑星2号”是那么遥远，不可能有人把黑星石从距离遥远的黑星带到“黑星2号”上，黑星石一定是土生土长的，他执拗地要继续前进。

到达第四个中继站，我们又得到一个消息：在发现黑星石附近的山谷里，发现一艘失事的宇宙飞船，还不知是哪个星球的。我再次劝曾玉：“回去吧，‘黑星2号’上的几块黑星石显然是那艘失事飞船带去的，继续前进毫无必要。”曾玉迷茫地看了我一眼，眼中闪过一道灵光，说：“什么人有能力将黑星石从黑星带到‘黑星2号’呢？能做到这一点，要有高度文明。我们将和一个具有高度文明的星球取得联系，一定收获不小。”

于是，我们接着踏上旅途，经过4次时空跳跃，到达第五个中继站，又得到消息：“前卫6号”飞船找到了那艘失事飞船的黑盒子，它是一艘来自地球的海盗飞船。曾玉听到这消息，破口大骂，骂了一通后又说，“黑星2号”是地球人没有去过的星球，什么东

西吸引了这艘海盗飞船呢？“黑星2号”上任何一种奇异生物都可能使我们发大财。我没有说话，曾玉总能在失去一个预定目标之后，又找到另一个目标。

又经过5次时空跳跃，我们到达第六个中继站。这是离地球最远的一个中继站，前面只有1600秒差距的路程，在这里我们看到“前卫6号”发来的图像，处处可见到雄浑的岩石块。曾玉和我仔细地研究了这些图像，终于断定，这个星球上不存在生命。曾玉一下瘫倒在座椅上，我轻声对他说：“我们回去吧！”“不！”曾玉指着一张图片说：“那里的风景还很不错，是吧！”

那风景是不错，我们耗费巨资就是为了来看风景？

《知识就是力量》，1998年第10期，方人改编

死亡飘移

周宇坤

在3.5万千米高空的同步轨道上，中国的“东方1号”太空岛屿构建工程正在展开。美国记者莫里亚森到此考察。宇文教授和他的学生可欣陪同莫里亚森看完后，来到69号休息站小憩。专爱挑刺的莫里亚森说：“宇文先生，恕我直言，我对你们的太空岛不很满意。”宇文教授没有马上回答。他见美国人出汗了，就让可欣把空调打开。正想着回敬美国人的可欣，按了一个开关。几分钟后，气温仍未下降，可欣又去看了一下，顿时大惊失色，原来她按错了按钮，刚才按的竟是给休息站发出“解脱关联”指令的按钮，再看看窗外，已看不到指挥中心，“宇文教授，我们……脱离母体了。”

这时，宇文也感到出了意外。他看看窗外，休息站正在飘移。他对莫里亚森说了这情况。莫里亚森急得跳起来：“快通知指挥

中心啊！”宇文说：“没有办法。因为我们没有与中心联系的通讯器。”莫里亚森气坏了：“这样下去，我们会憋死在这里的！”宇文说：“希望中心发现我们脱离了母体，派人来救我们。”

休息站以3米／秒的速度在太空飘移着。12分钟过去了，大家均没有找到良策。莫里亚森指着可欣骂道：“都是你，罪不可赦。你还有什么脸继续生存下去？我建议，让这个女孩儿停止呼吸，好节省1／3的氧气。”说着，他朝可欣扑了过去。宇文教授急忙去挡，并用力掴了他一巴掌，他爬不起来了。

25分钟后，舱里暗了下来，电力不足了。人的呼吸更加困难，可欣已经出现了窒息的前兆。宇文把氧气瓶的面罩按到了可欣的鼻腔上，打开了开关。可欣马上清醒了些，但她想到教授也需要氧气，便伸手去推，没想到推倒了氧气瓶。氧气直往外冒，氧气瓶在内部疾射而出的气体反冲力作用下，一下窜出老远。宇文教授在这场突来的变故中，如电光石火一闪，一个新奇的想法诞生了。

他说：“我们有救了。据估算，我们的舱里有12千克空气。现在休息站处于宇宙真空，如果我们把舱里的空气朝飘移的反方向释放出去，利用气流的反作用力来改变休息站的速度，这种速度可以达到15米／秒，它可使休息站停止飘移，并返回去。”

于是，他们紧急行动起来。教授手握切割枪，可欣观察休息站的航向，瞅准一个时机，教授割开了舱壁，空气喷射而出，休息站慢慢停住了，随后又朝反方向飘去……

由于缺氧，舱里的3个人全昏了过去。1个小时后，休息站飘回母体附近。这时指挥中心也发现了他们，3人得救了。

《科幻世界》，1998年第2期，庄秀福改编

会合第十行星

周宇坤

X行星飞船结束了两年的休眠，5名乘员从休眠舱爬出来，恢复了生龙活虎的状态。在餐桌旁，大家边吃边聊。罗兰德说：“我们此行的目标是太阳系的第10颗行星——X行星，发现它并勘探它。”女船长厄尔说：“刚才我去了主控电脑室，我们的航向正确。按照地球控制中心NASA的数据推测，我们可在3天之内到达太阳系的边缘。”

第3天傍晚，引力计有了强烈的反应，这表明飞船的前方有一个天体存在，全船的人为之一振。然而，过了一天，没有任何发现。有人提出：“也许，X行星根本不存在。”不过马上有人反驳：“那怎么解释引力计的示数不断增大呢？”大家七嘴八舌地争论起来。最后，船长厄尔慢慢地说：“NASA给我们的最初推测是错的——X行星并不存在，存在的是……一个黑洞。”

闻听此言，大家变得灰心丧气。有人立即提出，既然如此，我们赶紧打道回府吧。但是，他们马上发现，飞船的航向复原程序进入锁死状态，不能修正航向。

这种情况是厄尔从未经历过的。为什么会这样呢？有人怀疑是NASA的智能电脑“幽蓝”预先做了手脚。厄尔说：“现在看来，我们面临的不是一场事故，而是一个阴谋。NASA早就知道X不是行星，而是一个黑洞，却瞒着我们。肯定有什么预谋。”

果然，厄尔的话音刚落，飞船主控电脑的屏幕上出现了NASA的指示：“……此时，你们已经知道了一切，也正在为逃离黑洞而努力，但无济于事，因为航向复原程序已被‘幽蓝’锁死。NASA委以你们完成划时代的使命，这次试验只有你们才能完成。NASA认为只有掌握黑洞的奥秘，人类才能真正拥有征服宇宙的航天科技。你们要完成的，正是穿越黑洞的尝试。至于怎么返回，我们也不知道，如果你们还能活着并且掌握了宇宙的奥秘，这一切自会迎刃而解。也许你们会以失败告终。”

看完这段话，大家气愤不已：“见鬼去吧，这纯粹是拿我们的性命作赌注。”但是都无济于事。突然，大家感到皮肤似充气般地膨胀起来。有人惊叫：“潮汐力，黑洞汐力在起作用了。”厄尔立即命令，大家快去休眠舱。她按下了启动休眠的电钮。

地球时间的一个星期后，NASA在冥王星外发现X行星飞船，飞船还发来一条简短的消息：“……我们穿越了黑洞。黑洞虽然分解了我们，然而在另外一侧的白洞却重组了我们。我们在时间和空间的突变中拥有了无与伦比的知识。其中之一是：黑洞不仅是可以穿越的，而且在一定条件下是可以逆向行驶的。令你们失望的是，现在我们已没有了返回的愿望，宇宙成了我们的家。不要问我们有关宇宙知识的细节，说了你们也不懂。最后，我们向曾哺育过我们的地球致以最崇高的敬意！”

NASA主任一下子瘫倒在座椅里，他真不知道，该怎样写他的飞行总结报告了。

《科幻世界》，1998年第10期，庄秀福改编

冥行星死亡日记

紫　夫

“红星X-1”号飞船在一次星际航行中，收到了一个非太阳系的危险呼叫信号。根据其方位及强度测算，这个区域就在飞船附近。船长皇甫雄命令飞船注意搜索，终于在一个陌生的星球上发现了一艘钛制飞行器，那个呼叫信号正是从这个飞行器机舱内发出的。他们打开舱门，只见4个宇航员已死，只有一个矮个儿还没有断气。经输氧后，那名宇航员渐渐苏醒过来。他通过太空异语直译交换机，告诉地球人他叫HD · 炽，是HD · 敖星球的宇航实习生。随后他打开了他的日记。

R-1：冥行星原本是个美丽富饶的星球。后来，因发生大规模的核战争而毁于一旦。因此我们将幸存的难民迁移到了我们的星球上。随后我们又奉命前往冥行星探测。

R-2：冥行星就在眼前了。突然，罕见的陨石雨闯进了这个星球，飞碟在陨石的撞击下埋进了尘埃中，几乎成了一堆废铁，更严重的是飞碟供氧舱完全失去功能，这意味着我们将面临死神的挑战。

R-3：我不知昏迷了几天，醒来时发现面前放着碟长的留言：HD · 炽，你要坚持下去，我们不得已向你告别了。冥行星已彻底改变了原有的旋转轨道。每3天它停止自转一次，作平行移动。到第4天，因受空间磁引力驱使，便失态地急转，而毁灭性的灾难也随之而来，最明显的便是陨石雨的光顾，但你不能丧失信心。当冥行星进入短暂的急转期时，它的引力会突然增大，而大气外层的磁场旋流便消失了。只有在这个时间，才能进出冥行星。记住，你要不间断地向空际发出求援信号，争取获得帮助。

现在我明白了，碟长他们将仅有的氧气让给了我。此时，我很清楚该怎么做——我要向空间发出信号！不能让无辜的星际智慧生命再蒙受冥行星的死亡灾难……

“船长，冥行星急转期开始了！”听到宇航员的报告，皇甫雄明白这就是敖星球碟长所说的进出冥行星的机会。他赶紧命令飞船准备起飞，随着船长一声令下，“红星X-1”号飞船载着4名宇航员和那位HD·敖星球的小英雄紧急起飞，冲出了冥行星。

《少年科学》，1998年第6期，刘佩菊改编

意识的相会

邹　蜜

为了寻找花儿，我来到一个人迹罕至的山头，走进一间诡异的破屋。屋子很小，却有一台庞大而杂乱的机器，机器正面有一个巨大的屏幕。我对破屋的主人——一个老头儿说：“我想找一个女孩儿，她叫花，到处找不到她。有位老科学家介绍，可到这儿来试试。”

老头儿说：“她在这儿。”他起身打开机器，屏幕上露出一张笑脸，正是花儿。她说：“我在机器里。”我惊愕至极：“在机器里？别开玩笑了。这是怎么回事？”老头儿轻轻一笑，他把我的手放在机器上的一个盒子里，按下一个电钮，我感到被电击一般，昏了过去。

我醒来时，发现花儿在身边。我一把抱住她，却像抱住一团空气。她说：“不用怕，你现在和我一样，都是‘意识’。”她见我不解，又说：“就是人肉体死后的思维。基姆教授认为，人死了，思维却不会死，它将以电磁波的形式存在。只要有合适的磁场，这个意识——电磁波就会被吸引过来。”原来这台机器就是一个磁场，我心中想。

我问："你知道基姆教授的下落吗？"花儿答："对不起，我只能告诉你这些。你的时间快到了，再见！"花儿化作一团光飘走了。

我再睁开眼，见自己仍在破屋里，我怀疑自己做了一个梦。老头儿说："刚才的一切不是梦，你的确见到了花儿，不过那是她的思维。"我问："你到底是谁？"老头儿答："这待会儿再说，我先给你说说基姆。当时人们不了解基姆，说他是疯子。他把所有的心血都用在这台机器上，机器造出后，他却死了。但这台机器证实了他的猜想是正确的。人死后，思维可以被吸引到这儿生存，永不消失。只可惜这磁场太小，只有电磁波强的意识才能被吸入其中。基姆在死之前，试图把自己的意识第一个送进机器，可是不小心按错了开头，他的意识被毁了1／3。这样，他每年必须有1／3的时间在人世间——既不以肉体的身份，也不以意识的身份。"

我说："你怎么知道得这么清楚？"老头叹了一口气，按下一个键："我就是基姆，也是他的思维。现在时间快到了，我要回去了。你相信我的话吗？"

我的理智还不能消化这一切，但经历的一切又证实了他的话。我困难地点点头："我——相信。"老头儿——基姆的意识笑了："谢谢你，你是第一个相信基姆的人。"他逐渐消失了。我待在原处，屋里一片沉寂，只有机器在作响。

《科幻世界》，1998年第2期，庄秀福改编